Le Livre de Poche Jeunesse

12 coups de minuit

JACQUELINE WILSON

12 coups de minuit

Secrets de filles

Tome 3

Traduit de l'anglais
par Laurence Kiefé

L'édition originale de cet ouvrage
a été publiée en langue anglaise par Doubleday,
une division de Transword Publishers, Londres,
sous le titre :
GIRLS OUT LATE

Cet ouvrage a paru initialement au Livre de Poche Jeunesse,
sous le titre : *3 filles (et 12 coups de minuit).*

Pour Meetal Malhi
et Harriet, Polina et Rebecca

1

Sortie entre filles

Ce soir, Nadine, Magda et moi, on sort. Pas la grosse sortie. On ne va pas rentrer tard. On va seulement s'offrir un petit tour dans les magasins après l'école. Pas de quoi fouetter un chat. On a rendez-vous à six heures et demie devant le centre commercial de Flowerfields. On se baladera un peu partout pour profiter de la nocturne. On mangera au McDo et on sera rentrées à neuf heures, comme des bonnes petites filles.

Pas la peine de se fringuer particulièrement. Évidemment, j'ai enlevé mon uniforme scolaire, mais je me suis contentée d'enfiler mon baggy noir. Ce pantalon, à force de le passer dans la machine à laver, on peut dire que, techniquement, il n'est plus du tout noir, mais plutôt gris terne. N'empêche, c'est le seul et unique pantalon au monde qui soit large sans que j'aie l'air énorme dedans. Il donne presque l'illusion que sous ce flot de tissu se cachent des mignonnes petites fesses et de longues jambes minces.

J'essaye mon haut rose à rayures, le neuf, mais je ne suis pas sûre que ce soit une bonne idée. Il est un peu trop voyant pour être seyant. Ça me fait des joues positivement pivoine. J'aimerais tellement être d'une pâleur mortelle et sublime comme Nadine, ma meilleure amie. Moi, je suis condamnée aux joues éternellement roses – et aux fossettes.

Je fouille dans le séchoir à la recherche de quelque chose de sombre et d'uni et je finis par piquer un pull-over de mon petit frère Eggs[1], gris foncé avec encolure en V. Il me boudine un peu. Je m'examine dans le miroir sous toutes les coutures et je m'inquiète de la façon dont ça me moule la poitrine. J'ai beau remonter les épaules, elle ressort toujours de façon angoissante. Je ne suis pas comme mon autre copine, Magda, qui fait exprès de serrer les bretelles de son Wonderbra jusqu'à pouvoir pratiquement poser son menton sur sa poitrine. Mon soutien-gorge, je le trouve pas assez discret. Je me

1. « Eggs » signifie « œufs » en anglais.

colle plusieurs mouchoirs en papier dans chaque bonnet, histoire de moins souligner mes formes.

Ensuite, je m'attaque à mes cheveux avec une brosse en sanglier, pour essayer de les discipliner un peu. Mon corps entier s'efforce d'échapper à tout contrôle, mais mes cheveux sont vraiment les plus rebelles. Même s'ils sont longs, ils frisent tellement serré qu'ils poussent autant en largeur et en hauteur qu'en longueur. Nadine, elle, a de la chance. Sa longue chevelure d'un noir de jais tombe impeccablement sur ses épaules. Magda, elle aussi, a des cheveux extraordinaires, très courts, très mode et rouge vif (ils sont teints). Ça lui va très bien, mais si moi j'avais les cheveux aussi courts, ça ferait ressortir mes bonnes joues. En tout cas, avec mon teint rose vif, je serais folle de me teindre les cheveux en rouge écarlate. De toute façon, Anna, ma belle-mère, ne m'y autoriserait pas. Elle fait déjà des histoires quand je me fais un petit shampooing au henné, alors !

Justement, Anna m'examine quand je vais dans la cuisine quémander un peu d'argent. Eggs joue avec les aiguilles de mon vieux réveil-matin.

« Quatre heures, marmonne-t-il, télé, on s'amuse. Cinq heures, encore la télé, on s'amuse, on s'amuse. Six heures, on mange, miam miam.

— C'est mon réveil ! je crie, indignée.

— Mais ça fait des siècles qu'il est cassé, Ellie. J'ai

pensé que ça l'aiderait pour apprendre à lire l'heure. Eggs, fais marcher la grande aiguille, intervient Anna.

— Franchement, c'est la honte d'avoir un frère aussi débile. Surtout que c'est lui qui l'a cassé, à force de tripoter les aiguilles.

— Midi, minuit, la grande sœur se transforme en citrouille ! dit Eggs, plié de rire.

— Tu vas sortir, Ellie ?

— J'ai seulement rendez-vous avec Nadine et Magda pour faire les nocturnes des magasins.

— Sept heures, le bain, plouf plouf. Huit heures, dodo, beurk.

— Et tes devoirs ?

— Je les ai faits en revenant de l'école.

— Ce n'est pas vrai.

— Si, je t'assure.

— Tu as regardé la télévision.

— Je les ai faits en regardant la télévision. »

Généralement, je ne m'intéresse pas aux émissions pour les mômes, mais il y en a une nouvelle sur l'art qui donne des idées incroyablement cool. Quand je serai grande, je serai artiste. Mais pas question de suivre les cours à l'école d'art appliqué où mon papa est prof. C'est vraiment pas mon genre de jouer les étudiantes béates d'admiration. C'est bizarre de penser qu'Anna en faisait partie jadis. Et maman aussi. Elle est morte quand j'étais petite, mais elle me manque toujours énormément. Eggs n'est pas complètement mon frère, seulement mon demi.

« Voleuse ! crie brusquement Eggs en me montrant du doigt. C'est mon pull de l'école, enlève-le !

— Je l'emprunte seulement pour la soirée. »

Il ne l'aime même pas, ce pull-over. Tous les matins, Anna est obligée de le baratiner pour qu'il le mette. Il préfère les drôles de trucs de toutes les couleurs de l'arc-en-ciel que lui tricote Anna. Quand il était dans sa période Teletubby, il en avait quatre – un violet, un vert, un jaune et un rouge –, comme ça, il pouvait être Tinky Winky, Dipsy, La La ou Po en fonction de son humeur. Aujourd'hui, Eggs a mis son pull rose vif Barney-le-Dinosaure. Je suis plus que contente d'avoir largement dépassé l'âge de porter les coquets pull-overs tricotés par Anna.

« Mais tu vas me le salir, gémit Eggs.

— Moi, je vais te le salir ? »

Eggs mange tellement comme un cochon que ses vêtements sont en permanence maculés de taches orange (haricots à la sauce tomate), jaune (œuf) et violet (Ribena). Avant d'enfiler ce pull, je l'ai examiné très attentivement pour vérifier qu'il était nickel.

« Après, il va sentir.

— Sûrement pas ! T'exagères ! Je ne pue pas.

— Ben si, hein, maman ?

— C'est pas vrai », je réponds mais je commence à m'affoler.

Je pue pas pour de vrai, hein ? Mon déodorant aurait-il cessé d'être efficace ? Zut alors, est-ce que tout le monde m'évite avec mille précautions et les narines pincées sans que je n'aie rien remarqué ?

« Ellie ne pue pas, confirme Anna.

— Si, ce truc dégoûtant en poudre tout poisseux. Je veux pas que mon pull de l'école pue la fille », insiste Eggs en tirant dessus.

Je me débarrasse de ses mains du mieux que je peux.

« Dis-lui d'arrêter, Anna, il va le déchirer !

— Bon, ça suffit, Eggs. Mais c'est vrai que c'est le sien. Franchement, pendant des années, tu n'as voulu porter que les T-shirts de ton père extra-larges qui t'arrivaient plus bas que les genoux. Maintenant, tu veux mettre les pulls-overs mini-rikiki d'Eggs. Quand vas-tu te décider à t'habiller avec des vêtements à ta taille ? »

Je n'emprunte jamais de vêtements à Anna. Nous n'avons pas du tout le même style, même si elle n'a que quatorze ans de plus que moi. Et on n'est pas non plus faites pareilles. Elle est maigre, pas moi. Mais j'ai décidé de ne plus me laisser perturber par cette histoire. Le trimestre dernier, j'ai suivi un régime vraiment sévère et j'ai commencé à être obsédée par mon poids[1]. Maintenant, je suis en train de redevenir normale.

Pour le prouver, je mange un sandwich toasté au fromage avec Anna et Eggs, même s'il est prévu d'aller grignoter quelque chose au McDo plus tard.

« À quelle heure dois-je demander à papa de venir te chercher ? me demande Anna.

— Inutile qu'il vienne, je rentrerai en bus.

— Tu es sûre ? Ça ne me plaît pas que tu circules toute seule quand il fait noir.

— Je ne serai pas toute seule. Je serai avec Nadine pendant tout le trajet en bus, et jusqu'à Park Hill Road.

— Tu n'as qu'à revenir avec Nadine chez elle et, là, tu nous appelles. Papa viendra te prendre, d'accord ?

— D'accord, d'accord. »

Je souris à Anna, elle me rend mon sourire. Négociation bien menée. Nous n'avons jamais été intimes, mais, c'est bizarre, maintenant on est plutôt amies.

« C'est pas d'accord ! Dis-lui de me rendre mon pull, maman ! » crie Eggs en m'envoyant un coup de pied.

Avec Eggs, nous ne serons jamais amis. Il a encore ses chaussures d'école et il me fait vraiment mal à la jambe. Je porte peut-être un pantalon de combat,

---

1. Voir *Trois filles (et dix kilos en trop)*.

mais il est totalement inefficace contre ce genre d'armes de guerre.

« Ne me mets pas dans tous mes états, Eggs, sinon je vais avoir chaud et je serai obligée de m'asperger de parfum pour me rafraîchir. Je risque accidentellement de toucher ton vieux pull pourri.

— Non, non, non ! T'exagères !

— Arrête de l'embêter, Ellie, dit Anna en soupirant. Il te reste combien d'argent de poche ? ajoute-t-elle en fouillant dans son sac.

— Pas un rond. En fait, il faut que je rembourse Magda, elle m'a avancé l'argent de la piscine dimanche dernier.

— Et tu me dois déjà ce collant du Sock Shop.

— Oh oui ! Au secours, je vais me retrouver en prison pour dettes.

— Tu ne pourrais pas essayer de... faire un budget ? suggère Anna en ouvrant son porte-monnaie.

— J'essaye, mais papa est tellement radin. Magda a deux fois plus d'argent de poche que moi.

— Ne commence pas, Ellie.

— Mais c'est pas juste.

— La vie n'est pas juste. »

Tu parles, Charles. N'empêche, à la minute où j'ai quatorze ans, je suis résolue à trouver n'importe quel travail payé – je suis prête à tout – comme ça, je serai au niveau de Magda et Nadine. Enfin, à mi-hauteur...

« Tiens », dit Anna en me tendant un billet de cinq livres.

Je me sens plutôt vache. Anna non plus n'a pas de travail. Depuis qu'Eggs a commencé l'école, elle a cherché tous azimuts, mais elle n'a rien trouvé. Elle aussi, elle doit taper papa. On peut dire que le mariage, c'est pas juste. C'est pas moi qui me laisserais prendre. À vrai dire, je suis même pas très sûre d'avoir envie de m'occuper des garçons.

Magda, elle, est complètement accro aux mecs. Nadine est plus calme, même si l'année dernière elle est sortie avec ce débile profond de Liam qui la traitait comme de la crotte. Moi aussi j'avais un genre de petit ami à cette époque. Bon, un garçon qui était un ami plutôt qu'un petit ami. C'était pas le mâle idéal, mais il avait l'air d'en pincer sérieusement pour moi. Il m'écrivait plein de lettres d'amour et mourait tout le temps d'envie de me voir. Il me jurait un amour éternel pour l'éternité. Et puis sa correspondance a tourné en eau de boudin parce qu'il avait rencontré une autre fille à laquelle il promettait aussi l'amour éternel pour l'éternité. Comme si ça comptait pour moi. Je le lui laisse. Je n'en veux plus, de ce gars. Je ne veux pas de petit ami du tout. Pour de bon.

Donc, je fonce chez Nadine et je tombe au moment où elle est en train de se disputer avec sa mère. Sa mère est fâchée parce qu'elle veut que

Nadine l'accompagne au cours de danse en groupe où elle va avec Natacha, la cadette. C'est un cours sinistre où se rendent ensemble plein de mères et de filles. La mère de Nadine tient énormément à ces cours et elle s'est fait une jupe en jean avec le gilet assorti qu'elle porte avec des bottes de cowboy blanches à franges. Natacha adore sa tenue de mini-cowgirl. Elle aime également beaucoup la danse en groupe et elle est déjà la petite vedette du cours. La mère de Nadine a acheté suffisamment de tissu pour coudre un costume identique à Nadine. Elle est tout à fait prête à lui offrir une paire de bottes de cowgirl blanches. Nadine préférerait mourir plutôt que d'aller danser déguisée en cowgirl – surtout en compagnie de sa mère et de son infecte petite sœur.

« J'ai parfois l'impression que tu ne fais pas du tout partie de la famille, déclare la mère de Nadine.

— Il m'arrive de souhaiter ne pas en faire partie, rétorque Nadine d'un ton provocant. Je vais au centre commercial avec Ellie.

— À Flowerfields ? Mais qu'est-ce qui te prend ? Pas plus tard que samedi, tu m'as fait un vrai drame parce que je t'ai demandé de m'accompagner là-bas avec Natacha. Et qu'est-ce que tu m'as dit ? Que tu ne supportais pas de traîner dans les magasins, et particulièrement dans le centre commercial de Flowerfields. »

Nadine lève les yeux au ciel, des yeux que l'épais trait de khol rend déjà très expressifs.

« Ellie, soupire la mère de Nadine, es-tu aussi insolente avec ta mère ?

— Eh bien, c'est différent, je réponds avec diplomatie. Anna, c'est ma belle-mère et nous sommes plus proches en âge. Davantage comme des sœurs. Ce n'est pas vraiment une figure maternelle. »

« J'aimerais bien ne pas avoir de figure maternelle, constate Nadine quand nous réussissons à nous échapper. Elle me rend folle. Sans parler de Natacha, évidemment. Non mais tu te rends compte, il me reste encore au moins quatre ou cinq ans avant d'avoir une chance de prendre le large. Comment je vais survivre ? »

Elle serre les poings avec emphase puis se met à gémir : « Oh zut, mon ongle ! »

Nadine passe cinq bonnes minutes à se lamenter sur son ongle cassé. Je réussis à l'en distraire en décrivant par le menu notre existence bénie le jour où nous aurons dix-huit ans et où nous aurons enfin purgé les peines de prison à passer dans nos familles. Nous irons toutes les deux aux arts appliqués, moi pour apprendre le dessin et Nadine le stylisme. Nous aurons notre propre petit appartement. On se lèvera quand on voudra, on mangera quand ça nous plaira, on sortira autant qu'on voudra et on organisera une fête tous les samedis.

Pendant le trajet en bus, on prévoit tout en détail et on est encore en train de discuter de la décoration intérieure quand on retrouve Magda à l'entrée du Flowerfields. Ce qui nous distrait provisoirement. Magda est sublime dans un petit haut de dentelle rose étriqué qui révèle intégralement tous les pores de sa peau. La jalousie fait battre mon cœur sous son rembourrage de mouchoir. Si seulement j'avais l'assurance de Magda !

« Tu as un nouveau haut !

— Et un nouveau pantalon », dit Nadine en scrutant l'ensemble.

Elle se précipite pour tirer sur la ceinture.

« Waouh ! DKNY ! Où tu les as eus ? crie-t-elle.

— Oh, ma tante Cath est venue ce week-end. Elle a acheté ce pantalon dans Bond Street il y a plusieurs semaines parce qu'elle était décidée à faire un régime, mais comme elle n'a toujours pas perdu un gramme, du coup, c'est moi qui en hérite, veinarde que je suis.

— Et moi, pourquoi je n'ai pas une charmante tante ? dit Nadine. Elle t'a offert aussi le haut ? ajoute-t-elle en le touchant d'un air envieux de ses ongles longs, en tout cas neuf sur les dix.

— Oui, c'est un cadeau. La couleur vous plaît ? Vous trouvez pas que ça jure avec mes cheveux ?

— Tout jure avec tes cheveux, je dis en effleurant ses étonnantes boucles écarlates.

— Il faut que je trouve un rouge à lèvres du même rose nacré, déclare Magda. C'est parti, les filles ! »

Nous restons pendant des siècles à faire le tour des rayons de maquillage chez Boots, et Magda couvre ses poignets de striures roses pour essayer de dénicher la couleur parfaitement assortie. Nadine s'amuse à jouer avec des échantillons et à essayer du rouge à lèvres noir et du blush argenté, mais moi, ça m'ennuie un peu. À dire vrai, le maquillage, j'en raffole pas. J'en ai chez moi et j'en mets si je sors, mais je l'oublie tout le temps ; après je me frotte les yeux et j'en étale partout, ou je m'essuie la bouche et je finis avec du rouge à lèvres sur le menton.

Ensuite, nous passons une éternité aux rayons vernis à ongles. Nadine s'achète finalement une trousse complète pour se rallonger les ongles, un de ces trucs rigolos où on peint sur de faux ongles différents motifs auxquels on rajoute encore des petites perles ou des brillants. Magda s'offre le même, mais je sais que ce n'est pas pour moi parce que je me ronge les ongles. Un de ces jours, j'arrêterai, mais en ce moment, mes dents prennent des initiatives de castor et se jettent avec voracité sur mes doigts.

« Allez les mecs, les magasins vont bientôt fermer », je marmonne.

Elles finissent par se laisser traîner jusqu'à la boutique de matériel artistique au dernier étage. Au bout de quelques secondes, elles en ont déjà ras le bol ; elles sortent m'attendre pendant que je caresse les épais carnets de croquis blancs et que je bave devant les énormes boîtes métalliques pleines de feutres multicolores. J'y suis depuis à peine une minute mais Magda et Nadine n'arrêtent pas de passer la tête par la porte en criant. Moi, j'essaye les stylos et j'écris : « Je m'appelle Ellie et j'aime bien dessiner. » Je gribouille en plus un petit éléphant avec la trompe ondulée avec le point 07 et un minuscule point 03, un vert moyen et un rose vif et après encore d'autres protestations venues du dehors, je finis par acheter un stylo noir 05 – comme d'habitude – et un petit carnet de croquis noir et carré auquel je suis incapable de résister. Il ne me reste plus beaucoup d'argent. Il va falloir que je mendie quelques frites à Magda et Nadine ou rester affamée – mais je suis contente.

Bras dessus bras dessous, nous déambulons toutes les trois dans le centre commercial ; nous essayons des chaussures à talons hauts chez Office et nous nous retrouvons à vaciller sur nos pieds comme des soûlotes, puis nous restons très longtemps chez HMV pour écouter le dernier album de Claudie Coleman. Magda, Nadine et moi, nous avons des goûts musicaux totalement différents, mais notre admiration pour Claudie nous rassemble. Magda l'aime bien parce qu'elle chante des chansons avec des textes pleins d'audace et d'énergie. Nadine l'aime bien parce que sa musique est vraiment cool. Moi, je l'aime parce qu'elle a de longs cheveux blonds bouclés et rebelles, un peu comme les miens mais beaucoup plus jolis ; elle, elle n'est pas du tout grosse, elle est seulement plus pulpeuse que la moyenne des nanas rock. Elle me sert un peu de modèle.

Le magasin HMV est bondé. Automatiquement, Magda se retrouve là où il y a un groupe de garçons. Ils la regardent tous d'un œil approbateur et trois d'entre eux commencent à lui faire la conversation. Nadine et moi, on prend le large en soupirant. C'est une situation familière, qui ne nous fait pas franchement rire.

« Trois garçons, trois filles, et ils veulent tous les trois conquérir Magda », remarque Nadine.

Elle est trop gentille pour glisser que c'est toujours elle qui vient en deuxième position. Pas difficile de comprendre où je me situe, moi... en dernier !

« Eh ! Attendez-moi ! » crie Magda en se précipitant derrière nous.

Les garçons l'appellent mais elle ne se laisse pas distraire.

« Reste avec eux si ça te chante, je propose.

— Oui, on va au McDo, tu peux nous retrouver tout à l'heure, renchérit Nadine.

— Je vous lâche pas, dit Magda. On fait bien une sortie entre filles, non ? Eh, regardez l'heure ! Il est tard. Allez, on va manger. »

Magda insiste gentiment pour m'offrir un hamburger et des frites. Je fais son portrait sur la première page de mon carnet de croquis, je la dessine en pleine pirouette, vêtue de son haut rose et de son jean couture, avec des tonnes de types minuscules accrochés à ses chevilles. Ensuite, je dessine Nadine. Je commence par me moquer d'elle en la campant dans une tenue cowboy cloutée de faux diamants, mais comme elle me tape, je l'apaise en la dessinant sous les traits d'une somptueuse sorcière, avec des ongles comme des griffes serties de pierres précieuses et serrant dans une de ses mains soigneusement manucurées une petite poupée, à l'image de Natacha, bardée d'épingles.

Maintenant que j'ai commencé à dessiner, j'ai envie de continuer et je regarde autour de moi, à la recherche d'un modèle. Et quelque chose d'étrange m'attire l'œil. Il y a un garçon de l'autre côté du McDo. Lui n'a rien d'étrange. Il est plutôt beau avec des yeux sombres et de longs cheveux flous. Il porte l'uniforme du lycée Halmer. La plupart des garçons qui fréquentent cet endroit sont du genre Hooray

Henry ou des espèces de minables excités. Mais ce type-là est différent. Devinez ce qu'il est en train de faire ! Il a un crayon et un petit carnet, identique au mien et il dessine... qui ? Moi ?

C'est pas possible. Non, évidemment, Magda. C'est elle que les garçons contemplent à longueur de temps. Mais quand il relève la tête, c'est bien moi qu'il regarde et quand Magda va chercher une autre paille pour boire son milkshake, il ne tourne même pas la tête. Alors, il doit s'agir de Nadine. Oui, c'est Nadine qu'il dessine, avec ses fabuleux cheveux longs et ses grands yeux noirs. Mais Nadine est en train de se balancer sur son siège et je ne suis pas très sûre qu'il l'aperçoive clairement.

C'est moi qu'il regarde. Il lève les yeux puis il les baisse vers son carnet, encore et encore, tandis que son crayon court sur la page. Il doit bien se rendre compte que je le contemple fixement, mais ça n'a pas l'air de le déranger.

« Qu'est-ce qui te fait rougir, Ellie ? demande Nadine.

— Bon sang, c'est pas vrai !

— T'es rouge comme une pivoine. Qu'est-ce qu'il y a ?

— Rien.

— Qui tu regardes ? » s'enquiert Magda qui revient avec sa paille.

Elle jette un coup d'œil circulaire et pige d'emblée la situation.

« Tu te fais draguer par ce gars de Halmer ?

— Non.

— Quel gars ? demande Nadine en plissant les yeux.

— Arrête ! Il nous regarde.

— Eh bien, on va en faire autant, dit Magda. Qu'est-ce qu'il fait, il écrit ?

— Je crois qu'il dessine.

— Quoi ?

— Moi ! »

Magda et Nadine me regardent. L'air un peu surpris toutes les deux.

« Pourquoi il te dessine ? demande Nadine.

— J'en sais rien. Ça fait... bizarre, je réponds tandis que le regard du garçon reprend son mouvement de va-et-vient.

— Alors, dessine-le, dit Magda. Vas-y, Ellie.

— Ça aura l'air idiot.

— Mais non. Vas-y. Il te dessine, alors tu le dessines. À l'aise, Blaise.

— D'accord. »

Et je commence à dessiner le dessinateur. Je me lance dans un portrait rigolo, en lui faisant des yeux comme des vrais boutons de bottine, des cheveux un peu trop longs et une position sur le qui-vive. Je dessine le carnet de croquis dans sa main avec un petit dessin de moi. Sur ce dessin, je suis penchée sur mon propre carnet en train de dessiner un microportrait de lui.

« C'est bien ! s'exclame Magda.

— Alors tu le dessines en train de te dessiner toi qui es en train de le dessiner lui... Rien que d'y penser, j'en ai la cervelle qui bouillonne ! s'écrie Nadine.

— Eh, il vient vers nous ! dit Magda.

— Quoi ! » je dis en relevant la tête.

Elle a raison, il se dirige vers nous sans me quitter du regard.

Je referme mon carnet vite fait et je le glisse sur mes genoux.

« Eh, c'est pas juste ! Je veux voir ce que tu as dessiné, déclare-t-il en me souriant, planté près de notre table. Je te montrerai mon dessin si tu me montres le tien. »

Magda et Nadine éclatent de rire.

« Tu ne peux pas résister à une telle proposition, Ellie, dit Magda.

— Ellie ! C'est pas toi, Ellie l'Éléphant ? »

Je le regarde fixement. Ellie... l'Éléphant ? Pourquoi est-ce qu'il m'appelle par ce surnom ? Il me trouve donc tellement grosse ?

Toutes mes vieilles cingleries d'anorexique me remontent à la gorge. J'ai l'impression de me retrouver gonflée à l'hélium comme un ballon. Approchez,

approchez, venez contempler la grosse fille du McDo !

« Ellie l'Éléphant ? je chuchote d'une voix de souris sortant de ma tête éléphantesque.

— Oui, j'étais dans le magasin de fournitures artistiques, là-haut, tu vois ?

— Si elle voit ? intervient Magda. Elle passe là-dedans la moitié de son existence.

— La moitié de *nos* existences, souligne Nadine.

— Mais moi aussi. J'étais justement en train d'acheter ce nouveau stylo et je suis allé l'essayer ; quelqu'un d'autre avait écrit sur le bloc et j'ai vu ce nom, Ellie, et un mignon petit éléphant avec la trompe toute ondulée.

— D'accord, je comprends ! C'était bien moi, je dis en reprenant aussitôt mon format habituel.

— Alors, tu as dessiné plein de petits éléphants ?

— J'espère que non, intervient Magda. Étant donné qu'elle est censée m'avoir dessinée, moi.

— Et moi, rajoute Nadine. Sans parler de toi !

— Moi ? demande-t-il d'un ton enthousiaste.

— Ferme-la, Nadine.

— Oh, allez ! Montre-moi. Regarde, ajoute-t-il en ouvrant son propre carnet de croquis. C'est toi. »

Le cœur battant, je contemple le dessin. Personne n'a encore jamais fait mon portrait. Enfin, Eggs ne m'a pas oublié dans ses gribouillis tremblotants qu'il intitule MA FAMILLE, mais comme il me représente sous la forme de deux grosses taches, quatre bâtons et tout un gribouillis informe de cheveux, ses portraits n'ont rien de flatteur.

Le dessin que ce garçon a fait de moi est... renversant. Il est doué. Il a le même stylo que moi, et pourtant il arrive à le manier avec une dextérité incroyable. Manifestement, c'est un admirateur d'Aubrey Beardsley[1]. Sa mise en page reflète son assurance, ainsi que la hardiesse de son trait et ce souci du détail au niveau des cheveux, de l'expression du visage et de la texture de mon pull. Mes cheveux, mon visage, mon pull (enfin, celui d'Eggs). Il m'a dessinée telle que je voudrais être, l'air intelligent et concentré, en train de travailler. De le dessiner lui. Et, sur son dessin, je suis également en train de faire un mini-portrait de lui.

« Waouh ! s'exclame Nadine. Il t'a dessinée toi en train de le dessiner lui pendant qu'il te dessine, et toi, tu l'as dessiné en train de te dessiner pendant que tu le dessines.

— Nadine, tu bafouilles, dit Magda. Allez, Ellie, montre-lui. »

Elle attrape mon carnet pour lui montrer le portrait que j'ai fait de lui. Il rit de façon charmante.

« C'est génial.

— Pas du tout ! À côté du tien, ça vaut rien. »

1. Aubrey Beardsley (1872-1898) est un illustrateur anglais très célèbre, fortement influencé par l'Art nouveau et l'art japonais. *(NdT)*

C'est agaçant, je ne suis vraiment pas du genre compétition, et je me fiche complètement d'arriver première de la classe ou de remporter des matches et des trucs comme ça, mais il y a une chose qui m'a toujours paru évidente, c'est que je suis douée en dessin. Bien plus que n'importe qui d'autre dans ma classe.

« Tu es en quelle classe ?

— En seconde. »

Je comprends mieux. Dans deux ans, je serai peut-être aussi bonne que lui. Peut-être.

« Et toi, Ellie, tu es en quelle classe ?

— On est toutes en quatrième. »

Nadine hausse les sourcils ; Magda et elle soupirent, fâchées que j'aie révélé notre âge. Elles pourraient très bien prétendre être en seconde. Et même plus. Mais moi, je suis plus petite et, avec mes joues rebondies et mes fossettes, on peut facilement me prendre pour une môme de onze ou douze ans. Sauf ma poitrine. Je me tortille sur ma chaise. Je ne cherche pas à la faire ressortir. Je me redresse simplement.

« Je vais aller me chercher un autre café, je peux vous rapporter quelque chose, les filles ?

— Non, on va pas tarder à partir, je dis.

— Pas du tout, me contredit Magda. Un café, c'est une excellente idée. »

Souriant, il se dirige vers le comptoir en laissant son carnet sur la table.

« Je n'ai plus un sou, je souffle. Je t'en dois déjà, Mags.

— Il va payer. Il doit être plein aux as puisqu'il va dans ce bahut chic de Halmer, dit Nadine. Ellie, tu lui as tapé dans l'œil.

— Mais non ! je réplique en rougissant à nouveau. Il est gentil, c'est tout.

— Ah ouais, il fait le tour du McDo pour proposer du café à tout le monde ?

— C'était simplement parce que je dessinais. Et puis, c'est sûrement pas moi qui l'intéresse. Ça pourrait très bien être toi, Nadine... ou Magda.

— Tu crois ? interroge Magda en se tripotant les cheveux et en se passant la langue sur les lèvres.

— Espère toujours, Mags, réplique Nadine. Il n'en a qu'après Ellie. »

Il revient avec le café et s'installe avec nous. À côté de moi.

« Alors, qu'est-ce que tu as dessiné d'autre, Ellie ? Au fait, je m'appelle Russell. »

Il me tend la main. Je le regarde en clignant des yeux. Je le trouve incroyablement cérémonieux de vouloir me serrer la main. Il paraît surpris quand, à mon tour, je lui tends poliment la main.

« À vrai dire, c'était ton carnet que je voulais.

— Oh ! »

Je me sens devenir écarlate et j'essaye désespérément de récupérer ma main.

« On s'en serre cinq quand même, dit Russell en retenant ma main dans la sienne. Nous voilà amis ! »

Nadine hoche la tête d'un air triomphant en direction de Magda. Elle a raison. Je ne peux pas y croire. Je me sens brutalement propulsée sur la planète Romance. Un truc pareil, c'est pas à moi que ça arrive !

« Montre ton carnet. »

Il observe mes dessins rigolos représentant Magda et Nadine.

« Ils sont vraiment super, commente-t-il en souriant.

— Pas du tout. De toute façon, c'était juste des petits croquis rapides. Je peux faire beaucoup mieux que ça. Mais je suis loin d'être à ton niveau.

— Écoute, je crois que tu as vraiment du talent, Ellie. Tu as l'intention de faire des études d'arts graphiques, plus tard ? »

Il me traite comme si j'étais quelqu'un de sérieux. Lui-même semble sérieux. Le seul petit ami que j'aie jamais eu pensait que ça s'écrivait *agrafiques* et que c'était une marque d'agrafeuse.

« Oui, peut-être, je réponds, l'air décontracté.

— Il paraît qu'il y a de très bons cours aux arts appliqués de Kingtown, dit Russell.

— Je n'ai pas très envie d'aller là-bas, parce que mon père y est prof.

— Ah, d'accord ! Je connais le problème. Ma mère enseigne dans les petites classes de mon établissement et c'était vraiment bizarre de lever le doigt et de l'appeler Miss. J'espérais devenir le chouchou du prof et tête de classe, mais elle arrêtait pas de m'asticoter. »

Et nous voilà lancés dans ce grand sujet de conversation : l'école. Magda raconte quelque chose à propos des déjeuners tellement encombrants qu'elle devait se trimballer en primaire. Ses parents tiennent un restaurant et dès qu'ils aiment quelqu'un, ils tiennent à le gaver. Et ils aiment beaucoup, beaucoup, beaucoup Magda. Comme la plupart des gens. Mais Russell, lui, la remarque à peine, même s'il hoche poliment la tête. Magda n'insiste pas.

« Si on se rentrait, Nadine ? propose-t-elle.

— Bonne idée, répond Nadine. Salut, Ellie, à demain.

— Attendez-moi, je vais avec vous.

— Je peux vous accompagner ? demande Russell. Comment tu rentres chez toi, Ellie ?

— Je prends le bus avec Nadine.

— Oh, génial, moi aussi, dit Russell.

— Tu ne sais même pas lequel.

— Le tien. »

Magda et Nadine lèvent les yeux au ciel. Je glousse bêtement. Je tâte mes joues. Elles sont tellement brûlantes qu'on pourrait faire cuire un œuf dessus. Au moins, l'air frais du dehors me fait du bien. Magda nous dit au revoir de la main et s'éloigne en hochant la tête, encore stupéfaite. Je trottine maladroitement entre Russell et Nadine en essayant désespérément de trouver un sujet de conversation intelligent. J'ai envie de poser des tonnes de questions sur l'art à Russell, mais je ne veux pas laisser Nadine en dehors. Et si je commence à discuter avec Nadine du devoir de français ou de quel mélange de couleurs elle envisage de se vernir les ongles, ce sera grossier vis-à-vis de Russell.

Mon regard passe nerveusement de l'un à l'autre. Les deux me prennent sur le fait. Nadine lève les yeux au ciel. Russell sourit. Il se racle la gorge. Il fredonne un petit air. Peut-être que les mots lui manquent, à lui aussi. Ce que je trouve étonnamment rassurant.

« Tu as leur dernier album ? » demande Nadine.

Je la regarde d'un air ahuri mais Russell réagit. Il était en train de fredonner une chanson de ce groupe super-branché dont Nadine est raide dingue. Moi, je n'ai jamais entendu parler d'eux. Russell et Nadine se mettent à jacasser.

« Qu'est-ce que tu penses de *Animal Angst,* Ellie ? » me demande Russell.

Je le regarde en clignant des yeux. Je ne saurais pas reconnaître *Animal Angst* même s'ils me cornaient dans les oreilles.

« Oh, ça va », je réponds prudemment.

Nadine lève à nouveau les yeux au ciel, mais elle ne me trahit pas. Je prends la résolution de lire *The New Musical Express* toutes les semaines.

Nous attendons l'autobus. De l'autre côté de la rue, il y a une grande affiche pour un film d'horreur. *Les Treize Coups de minuit.*

« Génial, dit Russell. Ça sort vendredi. Il paraît que les effets spéciaux bien gore sont formidables. T'as envie de le voir, Ellie ? »

Je m'affole complètement. Veut-il dire... si j'ai envie de le voir avec lui ?

Je veux sortir avec lui, oh oui ! Mais je déteste les films d'horreur. Je suis obligée de me boucher les yeux pendant tous les passages effrayants. J'arrive même pas à écouter de la musique glauque, ça me donne la chair de poule. Les films d'horreur, je n'en ai vu qu'en vidéo. Ce sera sûrement encore plus effrayant sur grand écran. Je me conduirai à tous les coups comme une andouille avec Russell et je finirai tapie sous le siège. Si jamais j'arrive à entrer, vu que c'est interdit aux moins de dix-huit ans. Je n'ai pas le moindre espoir de pouvoir convaincre qui que ce soit que j'ai dix-huit ans.

Russell me regarde, il attend ma réponse.

« Mmmmm », je finis par dire, parfaitement consciente que cette réponse évasive n'est pas à la hauteur.

Nadine se lance dans un baratin interminable sur le dernier film d'horreur du metteur en scène. Les yeux dans le vague, j'attends. Russell paraît fasciné. Manifestement, il est en train de comprendre qu'il s'est trompé de cible. Nadine et lui sont faits pour s'entendre.

« Qu'est-ce que tu as pensé des *Douze Coups de minuit,* Ellie ? demande-t-il.

— Ça va, je marmonne.

— T'aimes bien ? insiste-t-il.

— Mmmmm. »

Apparemment, je ne sais plus m'exprimer autrement que par onomatopées ou monosyllabes.

« Ça t'a plu le passage pas possible dans le parking avec plein de niveaux ? » demande Russell.

D'un regard, je demande à Nadine de venir à mon secours.

Cette fois, elle me trahit en éclatant de rire.

« Ellie n'est jamais arrivée jusque-là, explique-t-elle. Elle a commencé à le regarder chez moi mais avant même que le générique soit terminé, elle était déjà en train de fermer les yeux. Elle a supporté les dix premières minutes de film, et elle est sortie à toute blinde de ma chambre.

— Alors, les films d'horreur, ça te fiche la trouille, Ellie ? demande Russell en souriant.

— Ellie, c'est le genre de fille qui a peur de Gros Nounours », déclare Nadine en riant.

Je dois être cramoisie. Russell doit me prendre pour une vraie crétine. Il se moque de moi.

« Alors, je t'en prie, Ellie, accompagne-moi au cinéma... comme ça tu te blottiras contre moi en un rien de temps », dit-il.

Je réussis à rire, moi aussi, même si je me sens encore bêtasse. Je jette un coup d'œil sur ma montre. À propos des douze coups de minuit... Il est déjà presque dix heures !

Bon, l'autobus arrive. Je serai bientôt chez moi. En tout cas, telle est mon intention.

2

Après l'heure, c'est encore l'heure

Je ne sais pas à côté de qui m'asseoir dans l'autobus. Nadine monte la première et s'étale sans ambiguité sur une banquette à deux places. Je m'approche du siège en face mais, brusquement, je me sens minable. Nadine est ma meilleure amie depuis que nous avons cinq ans. Je connais Russell depuis moins d'une heure, nom d'un chien. Je fais volte-face et je me colle contre Nadine. Russell s'assied en face. Il se penche pour essayer de poursuivre la conversation mais il y a une vieille dame qui souffle comme un bœuf alors il se contente de sourire.

Nadine et moi, on bavarde à mi-voix.

« Purée, moi qui considérais Magda comme une

rapide ! chuchote Nadine. Manifestement, j'avais sous-estimé tes talents de séductrice, Ellie.

— J'ai rien à voir là-dedans !

— Mon œil ! Avec tout ton petit manège, à le regarder sans arrêt au McDo.

— J'étais en train de le dessiner ! Il fallait bien que je le regarde. Et en plus, c'est lui qui m'a dessinée d'abord. C'est lui qui a commencé.

— Alors, maintenant, qu'est-ce qui se passe ? Tu vas sortir avec lui ?

— Je sais pas. Je crois pas qu'il va me le demander. Il a eu une attitude amicale à cause de nos intérêts artistiques.

— Ellie ! Tu fais exprès d'être exaspérante ? C'est évident qu'il en pince pour toi !

— Tu crois ? je souffle, enchantée.

— Écoute, soupire Nadine, quand je descendrai du bus, je prendrai Weston Avenue et je rentrerai chez moi par là, d'accord ? J'ai pas envie de vous tenir la chandelle.

— Qu'est-ce que tu racontes !

— Ouais, bon, je vais pas rester là à limer mes ongles cassés pendant que vous allez vous bécoter devant la porte.

— On va pas se bécoter ! »

J'en oublie de chuchoter. Nadine me donne un coup de coude. Russell me regarde. Oh, bon sang ! A-t-il entendu ce que j'ai dit ?

« Bien sûr que oui, affirme Nadine.

— Je crois pas que j'ai envie.

— Il te plaît ?

— Je... je sais pas, je réponds bêtement. Qu'est-ce que tu penses de lui, toi, Nad ?

— Il est pas mal. Mais c'est pas vraiment mon genre.

— Tu trouves qu'il est beau mec ?

— Assez. Enfin, il est pas complètement nul, mais c'est dur de savoir avec cet ignoble uniforme.

— Nadine, quand on se bécote... comme ce sera la première fois... on est censé mettre la langue ?

— Si t'as envie.

— Je sais pas ce dont j'ai envie. »

C'est vrai. J'ai toujours rêvé d'une rencontre romantique comme celle-ci... et maintenant que cela se produit, je me sens tellement débordée que je crois que j'ai peur. Je regrette presque que Russell n'ait pas choisi Magda ou Nadine. Non, c'est pas vrai. Je voudrais qu'il n'ait jamais commencé à me dessiner et que maintenant je sois en train de rentrer chez moi en autobus avec Nadine après une sortie entre filles parfaitement normale.

« Viens, c'est notre arrêt, dit Nadine.

— Il va peut-être rester dans le bus.

— T'es dingue, Ellie. Regarde, il se lève.

— Nadine, ne passe pas par Weston Avenue.

Viens avec moi. Jusque chez moi. Je t'en prie, je ne veux pas être seule avec lui, je souffle affolée.

— Faut grandir, Ellie ! »

Voilà le problème, je ne suis pas sûre d'avoir envie de grandir.

Nous descendons de l'autobus, Russell, Nadine et moi.

« Bon, ben, salut, les gars ! dit Nadine.

— Nadine !

— À demain, Ellie ! me répond-elle en saluant Russell d'un signe de tête.

— Au revoir, Nadine, ça m'a fait plaisir de te connaître, dit Russell qui ajoute en se tournant vers moi : On va dans quelle direction ?

— On peut prendre le même chemin que Nadine. »

Mais Nadine a déjà filé et on entend claquer les talons de ses nouvelles chaussures Shelley.

« On va aller vers chez toi, dit Russell. Ou dans le coin. Si on faisait d'abord une petite balade ?

— Euh... »

Je porte au poignet, à la place de ma montre, des bracelets argentés... mais je sais bien qu'il commence à être tard. Non, il ne commence pas à être tard, il *est* tard. Je suis en train de jouer les Cendrillon. Il faut que je rentre chez moi. Il n'a qu'à me raccompagner jusqu'à ma porte, là je lui donnerai un petit baiser rapide sur la joue et je filerai vite fait à l'intérieur. Voilà ce que je vais faire. C'est ce que je veux.

Mais lui, ce n'est pas ce qu'il veut.

« Viens, Ellie ! dit-il en regardant autour de lui. Il n'y a pas un jardin dans le coin ? Montre-moi ça pour que je puisse imaginer une petite Ellie potelée en train de nourrir les canards.

— Pas de mare, pas de canards. Juste des balançoires.

— Encore mieux ! Cinq petites minutes de balançoire. Dix max. D'accord ? »

Ma tête approuve automatiquement. Nous nous dirigeons vers le jardin. Russell se rapproche insensiblement. Il tend la main et saisit la mienne.

Oh là là ! je ne sais pas quoi faire de mes doigts. Je les sens tout ratatinés, mais si je les déplie, ils risquent de lui caresser la paume d'une manière suggestive. J'ai la main qui sue, à moins que ce ne soit la sienne. Si seulement il faisait un froid de loup, on aurait des gants.

Mais on est au printemps et le pull-over trop serré de Eggs commence à me donner chaud. Je me sens mal. Qu'est-ce que je fabrique ? Je veux rentrer chez moi, et il est vraiment tard. Je vais avoir des ennuis.

« Je ne peux vraiment pas rester longtemps, Russell.

— Parfait, moi non plus.

— Où habites-tu ?

— Oh, dans le coin.

— Non, c'est pas vrai, tu ne sais même pas où se trouve le jardin !

— Mais si, c'est... par là-bas, répond-il en faisant un geste vague de sa main libre.

— T'as tout faux. Allez, dis-moi où tu habites.

— Près du jardin.

— Baratin !

— D'accord, près d'un jardin, Pembridge Park.

— C'est à des kilomètres d'ici ! »

C'est également le quartier chic de la ville, avec d'immenses demeures victoriennes, superbes. Une fois, je suis allée là-bas à une fête et je me souviens que j'étais restée baba devant les fenêtres en vitrail de l'entrée... et dans le salon, je m'attendais à voir un autel et des bancs d'église. Parmi les belles maisons autour du parc, certaines paraissent vastes comme des églises et provoquent le même sentiment de respect. Et moi, je me promène main dans la main avec un garçon de Halmer qui vit là-bas.

« Une grande maison ? je demande.

— Oui, mais nous n'avons qu'un appartement au rez-de-chaussée. Enfin, on appelle ça un rez-de-jardin, mais on ne donne pas directement dessus et on n'en dispose que d'un cinquième. La maison est complètement divisée. À l'image de ma famille. Je vis avec mon père, et ma sœur avec ma mère. Il y a aussi la petite amie de mon père, mais moins on en parle et mieux je me porte. J'espère bien qu'elle va disparaître du paysage vite fait. C'est pas le genre de belle-mère que je me souhaite.

— Moi, j'ai une belle-mère. Mais elle est bien. Avant, c'était pas la grande entente entre nous, mais maintenant, on est amies. »

Si je ne rentre pas tout de suite, notre belle amitié risque de ne pas durer. Elle va se faire du souci.

« Moi, je ne deviendrai jamais ami avec Cynthia. Franchement, quel nom à la con... mon grand crétin de père qui faute avec une Cynthia. Je ne comprends pas ce qui lui arrive. Papa et moi, on s'entendait plutôt bien, genre copains toujours ensemble... mais maintenant, elle est tout le temps fourrée là. C'est dramatique. Alors moi j'essaye de plus trop traîner à la maison, maintenant. Qui a envie de se retrouver coincé dans le salon avec son papa et sa petite amie qui se bécotent sur le canapé comme des ados ?

— Devant toi ? C'est un peu dégoûtant.

— Non, enfin, chaque fois que je sors de la pièce. Et quand je reviens, ils se séparent brusquement. J'ai l'impression que c'est moi le parent. Alors, la plupart du temps, je m'enferme dans ma chambre, je dessine, je travaille. Mais parfois, ça me tape vraiment sur le système d'être enfermé là, tout seul dans mon coin... alors je vais me balader.

— Tu n'as pas d'amis ?

— Oh si, des tonnes ! Non, ne va pas croire que je suis du genre pauvre type sinistre sans la moindre vie sociale.

— Ce n'est pas ce que j'ai voulu dire !

— Tu vois, au lycée, ça va, il y a toute une petite bande dont je fais partie. Mais hors du lycée... il y a deux types de mecs à Halmer, le genre parka immonde qui bûchent comme des fous et qui sont premiers partout ; ceux-là, leur grand frisson, c'est de dénicher des sites pornos sur Internet. Et puis il y a l'autre genre, branché chic, ceux qui sont de toutes les fêtes, qui se tapent des filles, qui picolent, qui se droguent – et moi, j'ai pas la carrure pour les suivre.

— Côté carrure, t'assure, je déclare.

— Mais de toute façon, pour les mecs, c'est pas pareil. On a des copains, mais on n'est jamais vraiment proches. À moins d'être homo, ce qui n'est pas du tout mon cas, en dépit des rumeurs sur les rendez-vous dégueulasses derrière les hangars à vélos du bahut. »

Je ris. Une fois, Magda s'est fait draguer par un type de Halmer qui était en quatrième et il nous a juré que la moitié des premières se retrouvaient – derrière ces hangars à vélos.

« Ça doit être bien d'avoir des amies avec qui se balader, comme toi et ces deux filles.

— Nadine et Magda ? Oui, ce sont mes deux meilleures amies.

— Laquelle préfères-tu ?

— Les deux.

— Vous ne vous fâchez jamais ?

— Ça nous arrive de nous disputer. Et l'année dernière, Nadine avait un petit ami hypernul, alors on la voyait pas beaucoup... mais en ce moment, on est comme ça », j'explique en croisant les doigts de ma main libre.

On ne s'est toujours pas lâchés, mais on transpire un peu. On n'est plus très loin du jardin. Une ou deux minutes, un petit tour de balançoire et puis..., maison.

« Nadine a un petit ami en ce moment ?

— Non.

— Je parie que l'autre en a un, celle qui pétille avec les cheveux roux.

— Magda ? Non, elle n'en a pas non plus.

— Et toi, Ellie ? »

Je m'immobilise. Je secoue la tête.

« Génial, dit Russell en souriant. Alors... tu veux bien sortir avec moi ?

— C'est ce que je suis déjà en train de faire.

— Non, je veux dire manger une pizza ou voir un film...

— D'accord.

— Demain ?

— Si tu veux.

— À sept heures. On se retrouve dans ce centre commercial. Au cas où tu aurais oublié à quoi je ressemble, je serai en train de dessiner.

— Bon, je crois que je ferais mieux de rentrer chez moi maintenant. Il est drôlement tard.

— Mais non, regarde, il y a encore des gamins qui jouent. »

J'aperçois un petit groupe dans l'obscurité sur le manège. Ils se partagent des chips en buvant du Coca.

« Il n'est peut-être pas tard-tard, mais j'étais censée être à la maison bien plus tôt.

— On n'a pas encore fait de balançoire. Viens, Ellie. Un petit tour de balançoire.

— D'accord. Un petit tour vite fait bien fait et après, je dois rentrer.

— Promis. J'adore ta façon de parler, Ellie. Tu es tellement différente des autres filles ! »

Nous traversons la pelouse pelée vers l'aire de jeux. Je suis contente de ne pas porter de chaussures à talons. J'ai des vieilles tennis rouges dont le caoutchouc des semelles est complètement usé... mais j'ai quand même l'impression d'être montée sur ressort. Ça m'arrive pour de bon. C'est moi Ellie et je marche main dans la main avec ce garçon à qui ça plaît que je sois différente. Je lui plais, je lui plais, je lui plais...

En atteignant les balançoires, je pense à toutes les fois où je suis venue ici par le passé. D'abord avec maman, et là mon cœur se serre de tristesse parce qu'elle me manque toujours tellement et que, pour moi, elle viendra toujours en premier. Et puis il y a eu l'époque où papa m'emmenait, il me poussait tellement haut que j'avais peur de passer par-dessus la barre du portique. Maintenant, c'est Eggs que papa pousse ; une fois, il est tombé et il a bien failli mériter son surnom et se transformer en omelette. Magda, Nadine et moi, ça nous arrive de nous promener dans le jardin la nuit en été et de nous lancer dans d'interminables conversations à propos de fringues, de maquillage, de coiffures, de vedettes et de garçons.

Et maintenant, je suis là avec un garçon ; il se balance et je me balance, de plus en plus haut jusqu'à ce que la pointe de mes tennis dépassent le sommet des peupliers dont on aperçoit la silhouette en bordure du jardin. Je renverse la tête en arrière, et j'ai l'impression que ça va encore plus vite, mais je commence à avoir le tournis et, quand je ralentis et que je saute d'un bond, brusquement le jardin bascule et se met à tourner sur lui-même.

« Oh là là ! dit Russell en tendant la main pour m'empêcher de tomber. Ça va, Ellie ? »

Et avant que je puisse répondre, il penche la tête et m'embrasse. Rien qu'un petit baiser, nos lèvres se touchent doucement. Nous nous séparons. Mes yeux papillotent derrière mes lunettes embuées.

« Oh, Ellie ! » dit Russell – et il m'embrasse à nouveau.

Un baiser comme il faut. Un vrai baiser de cinéma. J'aurais jamais cru que c'était si particulier, si bizarre. Ça me donne encore plus le tournis. Je m'accroche à lui et il me serre plus fort.

Je sens quelque chose tomber sur mes cheveux. Il pleut ? Quelque chose de léger comme un flocon atterrit sur mon épaule. Il neige ?

Rires.

Je repousse Russell. Les gamins nous entourent, et nous bombardent de Coca et de chips.

« Oh-les-amoureux ! Oh-les-amoureux ! ricanent-ils.

— Allez vous faire voir, crétins ! » crie Russell.

Une chips se dresse sur sa tête, comme un petit ruban. Je l'enlève... et nous nous mettons tous les deux à rire.

« Si on trouvait un endroit un peu plus intime, suggère Russell en me prenant la main. Vers les arbres ?

— Non, il faut vraiment que j'y aille.

— Oh, viens... je t'en prie, Ellie.

— Je suis sûre qu'il est l'heure de rentrer à la maison.

— Comme Andy Pandy. Tu as déjà vu cette cassette ? J'adore les émissions pour les petits.

— Moi aussi ! Ce que je préférais, c'était *Sesame Street.*

— Comme moi. Je les dessinais tous avec mes feutres. Mes copains à la maternelle, ils voulaient que je leur fasse un de mes portraits de Big Bird.

— Tu me feras un dessin de Cookie Monster ? C'est mon préféré.

— T'aimais bien *Art Attack* quand c'était Zoë Ball l'animatrice, il y a très très longtemps ?

— Oui, j'adorais ça.

— Il y a un type dans ma classe qui est raide dingue de Zoë Ball et il m'a filé cinq livres pour que je lui fasse un portrait d'elle et de lui enlacés.

— Eh, c'est une idée géniale. Toutes les filles de ma classe sont folles de Leonardo DiCaprio alors je pourrais peut-être faire des tonnes de portraits de lui et, comme ça, je serais riche.

— Il y a des gens qui disent que je ressemble un peu à Leonardo DiCaprio... Ma coiffure et les traits de mon visage. Qu'est-ce que t'en penses, Ellie ? »

Je marmonne poliment quelque chose. Il ne ressemble absolument pas à Leonardo DiCaprio. Je suis contente que ni Magda ni Nadine ne soient là, elles seraient mortes de rire.

Nous avons laissé les petits sur les balançoires loin

derrière nous. Nous sommes sous les arbres, où il fait vraiment sombre.

« Oh, Ellie ! » dit Russell.

À n'en pas douter, c'est le signal d'un nouveau baiser. Cette fois, je suis prête, la tête penchée pour éviter que mes lunettes gênent. J'adore sa façon d'embrasser. Dan et moi, on s'embrassait, mais c'était vraiment des bisous de mômes, nuls. Là, c'est pour de vrai, un baiser de grands, très excitant.

Ça devient même trop réel, trop adulte et trop excitant. Sa main s'égare sur mes épaules et descend.

« Russell, non.

— S'il te plaît. Je t'en prie. »

Sa main caresse avec insistance la laine du pull-over d'Eggs. J'adore l'effet que ça me fait. Ça ne me paraît pas épouvantable du tout. Je ne veux pas qu'il pense que je suis nulle et coincée. Alors, je le laisse aller aussi loin ?

Oh bon sang, je viens brusquement de me souvenir des mouchoirs en papier ! Ceux que j'ai fourrés dans les bonnets de mon soutien-gorge pour que ma poitrine ne ressorte pas trop avec ce pull-over serré. J'en mourrai s'il se retrouve avec une poignée de mouchoirs à la main.

« Je t'en prie, Russell. Non, il faut vraiment que je rentre. »

Je le repousse avec beaucoup de fermeté.

« Ellie !

— Je t'assure que c'est vrai. Quelle heure est-il ? »

Il regarde sa montre.

« Oh là là ! je ne vois pas le cadran dans le noir.

— Russell, je t'en prie !

— D'accord, d'accord. Il est tout juste onze heures.

— Quoi ? Tu plaisantes ?

— Onze heures dix.

— Oh, bon Dieu, qu'est-ce que je vais faire ?

— Eh, t'affole pas. Écoute, il n'est pas si tard que ça. Ellie ! Attends-moi.

— Il faut que je coure.

— Eh bien, je vais courir avec toi. Je vais te ramener chez toi. J'expliquerai à tes parents que tout est ma faute.

— Et tu diras quoi ? Qu'on est allés se promener dans le jardin, qu'on a commencé à s'embrasser et qu'on a perdu toute notion de l'heure ?

— Oui, quelque chose dans ce goût-là.

— Tu diras ça à mon père ?

— Il est du genre père fouettard vieux jeu ? demande Russell. Alors, dans ce cas, je vais peut-être pas te raccompagner jusque chez toi.

— Viens pas, alors ! Écoute, repars vers Pembridge Park. Ça va te prendre une éternité. Je sais même pas s'il y a encore des bus à cette heure.

— Eh bien, je prendrai un taxi. Pas de problème.

Et je plaisantais, Ellie. Je n'ai absolument pas l'intention de te laisser filer toute seule. Je voudrais seulement que tu ne cavales pas aussi vite. Je n'arrive pas à te suivre. La course à pied, c'est pas mon fort.

— Et moi donc ! »

Je suis obligée de ralentir un peu parce que j'ai le cœur qui bat la chamade, le souffle coupé et de la sueur qui me ruisselle le long du dos. Oh, mon Dieu, faites que mon déodorant continue à agir, je vous en prie, je vous en prie, je vous en prie. Qu'il ne pense pas à moi comme Ellie-qui-pue !

— Tu n'es donc pas du genre sportive. Pas de jolies petites battes de hockey chez toi ?

— Je déteste le hockey. Mags, Nadine et moi, on se débrouille toujours pour se tirer vite fait chaque fois qu'il y a un match. Russell, j'ajoute en prenant mon souffle, il va falloir que je me remette à courir. Le quart vient de sonner. Comment ça se fait qu'il est si tard ?

— Parce que tu étais en délicieuse compagnie, voilà tout, répond Russell. Tu crois que ton père va être vraiment furieux, Ellie ? »

J'en sais rien ! Je ne suis encore jamais rentrée aussi tard ! Avec Dan, on n'est jamais vraiment sortis ensemble pour de bon... et aucun papa n'aurait eu l'idée de s'inquiéter de ce qu'on pouvait fricoter, Dan et moi. Parce que Dan est un vrai nul, c'est écrit sur son front, ça se voit comme le nez au milieu de la figure. Dès qu'il s'approchait de moi, il devenait rose bonbon. Si jamais il m'avait embrassée comme Russell, il serait devenu rouge vermillon et il aurait explosé. Comme la tête de la fille dans *Les Douze Coups de minuit.* Et là, les douze coups vont pas tarder à frapper, papa et Anna doivent être morts d'angoisse. Si je leur raconte la vérité vraie, ils vont s'en faire encore plus. D'accord, je vais leur tricoter une petite histoire. Je vais dire que je suis allée chez Nadine et qu'on a regardé sa cassette d'horreur préférée, *Les Douze Coups de minuit,* et que c'était tellement prenant qu'on pouvait pas s'arracher de l'écran et qu'on n'a pas vu le temps passer. Ce n'est pas vraiment un mensonge. J'ai vraiment vu une partie de ce film chez Nadine. Ils comprendront. Ils seront en colère, évidemment. Ils se demanderont pourquoi je n'ai pas téléphoné. D'accord, d'accord, je dirai que j'ai essayé de téléphoner mais que je n'ai pas pu. Oui, le téléphone de Nadine était en panne – même le portable de son père. Et si c'était des petits bonshommes verts qui avaient atterri chez Nadine, qui nous avaient tous enlevés et qui avaient saboté les téléphones ???

On est presque arrivés en haut de ma rue.

« Va-t'en, Russell, je t'en prie.

— Mais je veux t'aider, je veux expliquer la situation à ton père.

— Non, je vais lui raconter que j'étais avec Nadine. Vas-y, Russell, rentre chez toi.

— D'accord. Mais encore un baiser. Allez, si tu es tellement en retard, c'est pas une seconde de plus ou de moins qui fera la différence. »

Il me prend dans ses bras. Je suis déjà hors d'haleine – et ce dernier baiser est tellement renversant que j'en oublie carrément de respirer. Quand il me lâche enfin, je me retrouve bouche bée comme un poisson rouge.

« Oh, Ellie ! dit Russell en me reprenant dans ses bras.

— Non ! Il faut que j'y aille. Salut, Russell, salut ! »

Je m'arrache à son étreinte et je recommence à courir. Je cours je cours je cours je cours dans ma rue jusque chez moi. Bon sang, qu'est-ce que je vais raconter ? Réfléchis, Ellie, réfléchis. Inspire profondément. Tout ira bien. Ils se sont peut-être couchés de bonne heure. Non mais de qui je me moque, là ? Le rez-de-chaussée de la maison explose de lumières.

Je glisse ma clé dans la serrure, et, avant même que je l'aie retirée, papa ouvre la porte à la volée. C'est lui qui est au bord de l'explosion.

« Ellie ! Mais bon Dieu, où étais-tu passée ?

— Oh Ellie ! On s'est fait tellement de souci ! »

Anna le bouscule pour venir me serrer contre elle.

Elle m'enlace comme si elle était vraiment contente que je sois saine et sauve. Mais voilà qu'elle me repousse, l'air presque aussi fâchée que papa.

« Pourquoi n'as-tu pas téléphoné ? Les magasins ferment à neuf heures.

— Je suis désolée, je suis désolée... mais après, on est allées au McDonald, Magda, Nadine et moi.

— Et ? dit papa.

— Et on a bavardé, tu sais bien comment on est.

— Je ne sais plus comment tu es, Ellie, soupire papa. Je n'aurais jamais cru que tu pourrais te conduire comme ça. Tu n'as pas idée des angoisses que tu viens de nous faire vivre.

— Je suis désolée. Bon, je suis vraiment crevée, si on allait se coucher ?

— Non, on ne va pas se coucher. On va tirer ça au clair maintenant.

— Écoute, intervient Anna, on ferait peut-être mieux d'aller au lit et de discuter de tout ça demain matin.

— Nom d'un chien, c'est toi qui pleures à chaudes larmes depuis une heure ! » s'écrie papa.

Je regarde Anna. Elle a les yeux rouges.

« Pourquoi tu pleurais ? je demande. Je comprends pourquoi vous êtes fâchés, mais c'était pas la peine d'être inquiète.

— Notre fille de treize ans traîne Dieu sait où et

rentre avec près de deux heures de retard. Arrête, Ellie ! » s'exclame papa.

Il va dans la cuisine et branche la bouilloire. Il prend les tasses, les pose sans douceur sur la table – comme s'il avait envie de me faire subir le même traitement.

« Écoute, papa, je comprends pas pourquoi tu es tellement en rogne contre moi. D'accord, d'accord, je suis en retard, mais c'est pas un crime si abominable ! Toi-même, ça t'arrive plus souvent qu'à ton tour de rentrer en retard.

— Joue pas les malignes avec moi, Ellie. Bon, maintenant, dis-moi où tu étais.

— Tu sais où j'étais, au Flowerfields et après, au McDo. À te voir, on croirait que j'ai passé ma nuit à me taper des pilules d'ecstasy dans une rave, bon sang !

— Où es-tu allée après le McDo ?

— On y est restées une éternité.

— C'est qui, on ?

— Papa ! Magda, Nadine et moi, évidemment.

— Et ensuite, qu'est-ce que tu as fait ?

— Magda est rentrée chez elle, et moi je suis revenue en autobus avec Nadine – et je suis passée chez elle voir un truc et puis elle a commencé à me montrer cette cassette qui fiche la trouille, *Les Douze Coups de minuit,* et j'imagine que j'ai traîné, je sais même pas pourquoi parce que tu sais que je déteste les films d'horreur et celui-là est vraiment énorme. »

Papa et Anna ne me quittent pas des yeux. Je continue à marmonner, à baratiner sur le film. La bouilloire siffle. À voir papa, on pourrait croire que la vapeur va également lui sortir par les oreilles. Il nous prépare du café et il touille si brutalement les tasses que le liquide chaud se répand partout.

— Alors tu étais chez Nadine ?

— Oui.

— Oh, Ellie ! » dit Anna.

J'ai le cœur qui bat. Ça tourne mal.

« Et ensuite, où es-tu allée ? demande papa.

— À la maison.

— Toute seule ?

— Ce n'est pas loin.

— Tu sais que tu n'as pas le droit de circuler seule une fois la nuit tombée.

— Oh, j'ai pensé que ce n'était pas bien grave, de chez Nadine à ici. J'imagine que j'aurais dû vous appeler. »

OH NON ! Ça me revient brusquement. J'avais dit à Anna que je téléphonerais de chez Nadine. Je la regarde et elle secoue tristement la tête.

« Nous avons attendu ton coup de fil. Et puis, nous avons appelé chez Nadine, et sa mère nous a répondu que Nadine était rentrée seule », dit Anna.

Je déglutis avec peine.

« Qu'a dit Nadine ? je murmure.

— Elle nous a servi tout un baratin, dit papa. Elle n'avait pas l'air de comprendre à quel point c'était important pour nous de savoir où tu étais.

— Alors, Nadine aussi, tu l'as houspillée ?

— Ellie, de nos jours, on ne peut pas laisser une fille de treize ans toute seule dehors la nuit – on se fait forcément un sang d'encre. Tu peux comprendre ça quand même ? dit Anna.

— Et Nadine a fini par lâcher que tu étais partie avec un garçon que tu avais trouvé au McDo, dit papa.

— C'est pas moi qui l'ai trouvé ! C'est lui qui m'a abordée ! je réponds, indignée.

— Un inconnu total ! Et tu es partie toute seule avec lui. Tu n'es pas folle ?

— C'est un garçon de Halmer.

— Eh bien, ce sont les pires. Ils sont bien connus pour ça. Ramasser des petites filles stupides pour voir jusqu'où ils peuvent aller, crie papa.

— Arrête, tu rends les choses ignobles. Russell n'est pas du tout comme ça. Il aime l'art, il était en train de dessiner et moi aussi, voilà comment on a engagé la conversation. Et puis il a pris le bus avec Nadine et moi, et après on a fait une petite balade. Nous avons discuté de tout un tas de trucs, voilà tout.

— Voilà tout ? dit papa. Tu as le visage tout barbouillé de maquillage, Ellie. Inutile de me faire un dessin sur la nature de cette promenade.

— Arrête ces insinuations ! Je ne sais pas pourquoi tu me traites comme ça, tu gâches tout.

— Ton papa n'a pas envie de te gâcher quoi que ce soit, Ellie. Mais il s'est fait tellement de souci pour toi que maintenant il décompresse. Moi aussi. C'est quand même la première fois que ça arrive et, manifestement, nous nous excitons pour pas grand-chose », dit Anna.

Elle boit une gorgée de café et tente de sourire comme si on avait une conversation normale.

« Ce Russell a l'air très sympathique, reprend-elle. Tu vas le revoir ?

— Demain.

— Pas question ! intervient papa.

— Papa ! Écoute, enfin ! Je croyais que t'étais vraiment cool sur les histoires de petit ami.

— Il ne s'agit pas de petit ami, mais du fait que tu nous as menti.

— Je suis désolée, j'ai simplement raconté la première chose qui me passait par la tête.

— C'est terrifiant, ça paraissait tellement plausible... Franchement, je ne parviens pas à croire cela de toi, Ellie. Et je déteste l'idée que tu te tires avec le premier garçon qui t'aborde et que tu le laisses te baver dessus partout dans le noir.

— Tais-toi, papa. Pour qui tu te prends pour parler comme ça ? Toi-même, tu n'as jamais été le dernier dans le genre à baver partout, comme tu le dis si élégamment. Je me souviens de toutes ces filles avec lesquelles tu es sorti après la mort de maman, avant Anna. Et peut-être même après Anna.

— Comment oses-tu ! crie papa.

— J'ose. J'en ai marre de toi. Pourquoi doit-il toujours y avoir une règle pour les adultes et une autre pour les ados ? Qu'est-ce qui te donne le droit de me dire comment je dois me conduire ?

— Ça suffit, Ellie ! intervient sèchement Anna.

— Ça suffit pas ! Et pourquoi je t'obéirais, d'ailleurs ? Tu n'es pas ma mère. »

Je me précipite hors de la pièce et je fonce dans l'escalier. Eggs m'attend sur le palier, en pyjama.

« T'as des gros ennuis, Ellie, souffle-t-il.

— Toi, ferme-la ! » je lui dis en entrant dans ma chambre dont je claque la porte.

Je m'effondre sur mon lit et j'éclate en sanglots. Je les déteste tous. Pourquoi faut-il qu'ils gâchent ce qui était la soirée la plus magique de toute mon existence ?

3

Quand bonheur rime avec pas d'heure

Le petit déjeuner est épouvantable. Papa et moi, on ne dit pas un mot. Anna parle suffisamment pour deux, jacassant pour tenter de faire comme si c'était un matin comme les autres. Eggs est à la fois intrigué et enchanté de la situation et pose d'innombrables questions complètement idiotes sur le « petit ami d'Ellie ».

« C'est pas mon petit ami. C'est juste un garçon de seconde que j'ai rencontré hier par hasard et avec lequel j'ai eu une longue et intéressante conversation sur l'art.

— Et une longue et intéressante entrevue dans le

square ensuite, ajoute amèrement papa, rompant ainsi son silence.

— Je t'en prie ! s'exclame Anna au bord des larmes. Ne parle pas à Ellie sur ce ton.

— Je lui parle exactement comme ça me plaît, rétorque papa en repoussant son assiette et en se levant. C'est encore une gamine et il va falloir qu'elle apprenne à obéir. Pas question qu'elle reste dehors jusqu'à point d'heure.

— Papa, j'étais rentrée à onze heures vingt. Dans la classe, il y a des tonnes de filles qui sortent jusque bien après minuit.

— Je m'en fiche, de ce que font les autres ; quoique, d'après ma conversation avec les parents de Nadine hier soir, il n'était malheureusement que trop clair, à ma grande honte, qu'ils étaient consternés. À l'évidence, jamais Nadine ne se serait conduite ainsi. »

C'est tellement rageant ! Si seulement ils savaient ! Le trimestre dernier, quand Nadine a eu cette histoire avec ce crétin total, Liam, elle se tirait tout le temps pour le voir en racontant des mensonges pas possibles à ses parents, du genre qu'elle était chez moi ou chez Magda. Mais évidemment, pas question d'expliquer ça à papa, parce que j'ai pas la moindre envie de cafter à propos de Nadine. Alors je me contente de soupirer profondément et de tambouriner sur la table du bout des doigts, faisant mine d'être plongée dans un tel ennui que même les mots me manquent.

Ce qui exaspère papa au point qu'il commence vraiment à crier après moi. Eggs cesse de trouver cela amusant et se ratatine sur sa chaise, le pouce dans la bouche. Moi non plus, je ne me sens pas très rassurée. À voir papa, on pourrait croire qu'il ne peut plus me supporter. Je ne comprends pas. Pourquoi se conduit-il d'une façon aussi épouvantable ? J'essaye de ne pas le regarder et de faire comme si je n'écoutais même pas, mais j'ai la gorge serrée et, derrière mes lunettes, j'ai les yeux tout brouillés.

« Tu veux bien cesser ! s'exclame Anna en se levant à son tour. Tu fais peur à Eggs. Bon sang, tu nous fais peur à tous. Maintenant, s'il te plaît, va à la fac. Nous en rediscuterons ce soir, quand tout le monde sera calmé.

— Ce soir, je ne suis pas là, j'ai une réunion universitaire, annonce papa. Je mangerai un sandwich au travail et j'irai directement à la réunion. Je serai de retour vers dix heures. »

Moi aussi, je sors ce soir – avec Russell.

Papa me dévisage – et on dirait que ses yeux plissés pleins de méchanceté cherchent à me percer le crâne pour lire ce que j'ai dans la tête.

« Ellie, tu es interdite de sortie. Tu comprends ? Tu es consignée.

— Oh, je t'en prie ! Quelle expression ridicule !

Consignée ! On dirait du vocabulaire de boîte privée. »

Voilà une tactique de diversion assez maligne. C'est toujours le plus sûr moyen de marquer des points avec papa. Il aime bien jouer les gauchistes et pourtant mes grands-parents sont hypercoincés, droite dure et superbourges : ils ont envoyé papa faire ses études direct dans le privé. C'est un épisode de sa vie qui le gêne beaucoup. Il fait de son mieux pour le passer sous silence, mais régulièrement, des petites expressions de ce genre se glissent dans sa conversation et viennent le trahir.

« Tu trouves peut-être ce mot idiot, Ellie... mais je pense que tu comprends ce qu'il signifie ?

— Je n'ai pas le droit de sortir, c'est ça ?

— C'est ça.

— Pas du tout ?

— Pas du tout.

— Génial, alors je ne peux pas aller en classe. Je vais donc me recoucher et m'offrir un bon petit somme.

— Ellie, ce n'est pas en te conduisant comme une enfant de six ans que tu vas réussir à me convaincre que tu es assez grande pour rester dehors la moitié de la nuit en compagnie d'inconnus », dit papa avant de sortir de la cuisine.

Il ne me dit pas au revoir ; il ne dit pas non plus au revoir à Anna et Eggs. Il sort simplement de la pièce d'un pas lourd, comme s'il se prenait soudain pour un de ses pères victoriens maniaques de la surveillance, genre M. Barrett de Wimpole Street[1] – me faisant jouer le rôle de la poétique Elizabeth. Sauf que je ne suis pas couchée sur un sofa, mais assise sur un tabouret de cuisine pas rembourré – et que je ne suis pas sur le point de m'enfuir en compagnie de mon romantique M. Browning. Russell et moi, on n'en est pas tout à fait au stade de la fuite. J'ignore s'il écrit des poèmes. Je ne connais même pas son nom de famille. Mais je vais me débrouiller pour l'apprendre. Je retrouverai Russell ce soir, même si je dois en mourir. Et il y a des chances pour que papa me tue si jamais il l'apprend.

Je ne parle pas de mes projets à Anna. Elle risque d'appeler papa au travail pour cafter. À la voir, on dirait qu'elle est vraiment toute retournée.

« Ne te fais pas trop de bile pour papa, Ellie, me déclare-t-elle d'un air inquiet.

— Tu peux compter sur moi !

— Ce n'est pas ce que je voulais dire ! Oh Ellie, je regrette de ne pas savoir quoi dire. C'est tellement épouvantable. Je comprends le point de vue de chacun. Je trouve que ton père a surréagi... mais toi, tu t'es montrée sacrément grossière. »

1. Robert Browning (1812–1889) fut un célèbre poète anglais. Il épousa en 1846 Elizabeth Barrett, elle aussi poète. Il dut l'arracher à un père très possessif, M. Barrett, et l'épouser après l'avoir enlevée. *(NdT)*

J'ouvre la bouche, mais elle secoue la tête.

« N'en rajoute pas, Ellie, je t'en prie. Tu en as déjà bien trop dit. »

Je me sens nulle. Je n'aurais pas dû faire ces remarques minables hier soir, à propos de papa et de ses conquêtes. Il y a quelque temps, Anna se faisait beaucoup de souci parce qu'elle craignait qu'il ait une liaison avec une de ses étudiantes. Rien d'étonnant à ce qu'elle soit inquiète étant donné qu'elle-même a fréquenté cet établissement et que c'est comme ça qu'elle a rencontré papa. Il sort effectivement sacrément souvent, mais il a toujours une bonne raison, comme cette réunion de ce soir. Si j'étais Anna, je mettrais tout ça à plat – mais elle préfère toujours affirmer que tout est parfait. Elle n'affronte pas papa autant qu'elle le devrait. Moi non plus, je ne l'ai pas toujours affronté comme il aurait fallu. Mais maintenant, je lui ai bien montré qu'il n'est pas question de me tyranniser !

« Je suis désolée pour les choses que j'ai dites hier soir. Je ne voulais pas te blesser. Seulement lui. Il n'a pas le droit de me traiter comme ça, de me donner des ordres.

— Tu es sa fille, Ellie.

— Ce qui ne lui donne aucun droit de propriété automatique sur moi ! Libre à toi si tu acceptes qu'on te marche dessus, Anna, mais moi, je n'ai pas l'intention de me laisser faire. »

Et sur ces mots, Supernana bondit hors de la cuisine pour rassembler ses affaires de classe.

« Tu n'as pas fini ton petit déjeuner. »

J'attrape ma tartine en disant que je la mangerai en route.

« Je suis pressée », j'ajoute en filant.

Je ne suis pas pressée d'aller en classe. Je suis pressée de voir Nadine et Magda pour tout leur raconter.

Mais le temps que j'arrive, la cloche a déjà sonné et Mme Henderson, notre prof principale, est en grande forme ce matin. Dès que j'attire Magda et Nadine dans un coin pour commencer mon histoire, elle me dit de cesser de bavarder et de descendre dans le gymnase à la vitesse grand V.

Mme Henderson est également professeur d'éducation physique, c'est bien ma veine. Je déteste positivement l'éducation physique, que ce soit le hockey, le netball, l'athlétisme ou le baseball. On a chaud, on est en sueur, on se fait sans cesse engueuler et on se sent godiche. En tout cas, moi. Nadine est aussi désespérante – et même si Magda est plutôt bonne et se débrouille dans les jeux de ballon, elle traîne généralement avec nous et ne fait aucun effort, par solidarité.

Alors toutes les trois, on se planque en petit comité dans les vestiaires et je recommence mon histoire, mais Mme Henderson revient nous houspiller, en nous ordonnant de cesser de jacasser et de nous changer vite fait.

« Oh, madame Henderson, j'ai des règles vraiment douloureuses. Est-ce que je peux être dispensée de jeux aujourd'hui parce que j'ai mal au ventre ? je gémis en me tenant le ventre.

— Oooh, moi aussi, Mme Henderson, ajoute Nadine. Ça fait vraiment mal.

— Et moi de même », confirme Magda, bien décidée à ne pas être en reste.

Mme Henderson pose les mains sur ses hanches.

« Alors, vous êtes indisposées toutes les trois ? demande-t-elle en haussant les sourcils.

— C'est un phénomène très étrange mais réel, je dis. Les femmes qui vivent près les unes des autres ont leurs règles exactement en même temps. »

C'est un fait. Je l'ai lu quelque part, en tout cas. Même si en l'occurrence ce n'est pas du tout notre cas à Nadine, Magda et moi. Ce serait plutôt terrifiant. Si on avait besoin de tout faire à l'unisson, on serait obligées de se réveiller exactement à la même heure et de se précipiter aux cabinets au même moment ?

« C'est un phénomène très étrange mais réel, réplique Mme Henderson : les élèves paresseuses sont capables de concocter n'importe quelle excuse idiote pour se dispenser de participer aux jeux collectifs. Même si vous étiez sur le point d'avoir des bébés toutes les trois, ça me serait bien égal – vous allez quand même sur le terrain de sport et vous vous entraînez. »

Et on s'entraîne tellement que je ne peux même plus parler les rares fois où je m'écroule à côté de Nadine ou je vacille près de Magda. Je me contente de haleter comme un poisson hors de l'eau.

Mme Henderson nous fait sauter, un-deux-trois, et je saute jusqu'à ce que la cloche sonne, ce qui est incroyablement vache parce qu'on est obligées de foncer au vestiaire, de se changer et de se rhabiller dans la panique puisque nous n'avons que cinq minutes de pause et que le prochain cours, c'est celui de Mme Madley. Deux heures de suite... juste assez pour donner des crampes d'estomac à n'importe qui ! Mme Madley nous enseigne l'anglais et c'est ma deuxième matière préférée (après le dessin, évidemment) ; mais Mme Madley est méga-stricte et le truc qui la met hors d'elle, c'est qu'on arrive en retard à son cours. Ce qui est justement le cas.

Elle se met à rouspéter comme si c'était notre faute et quand Magda explique qu'on était encore en train de cavaler sur le terrain de sport en tenue de gym au moment où la cloche a sonné, Mme Madley répond que ce n'est pas son problème, que son problème c'est son cours, qu'on est en retard et que c'est inexcusable. Elle perd dix bonnes minutes à nous expliquer qu'on ne peut pas se permettre d'être en retard tant on a de choses à faire, et quand elle se décide à commencer le cours, elle attaque avec de la poésie. Moi, ce que j'aime, ce sont les histoires, pas les poèmes sans queue ni tête. Surtout qu'elle nous demande de nous concentrer sur la poésie qui traite de la nature. C'est pas ma nature d'apprécier la nature. C'est des conneries. Je devrais me faire tatouer « urbaine » sur le front. Ma famille possède un abominable cottage tout moisi en pleine montagne dans la partie la plus humide du pays de Galles et chaque heure que je suis contrainte de passer là-bas me semble durer une semaine entière.

Mme Madley calme nos grognements d'un regard furieux et nous lit des extraits de poètes romantiques. L'adjectif romantique me ragaillardit un peu, mais ça n'a rien à voir avec la romance. J'ignore dans quel paysage romantique ces poètes se sont promenés, mais moi je ne me suis jamais sentie transfigurée sur ma petite colline galloise à admirer les pâles roses muscades épanouies ou les fruits veloutés – il n'y a qu'une végétation trop touffue et de la boue partout.

Puis elle passe à la poésie moderne et elle nous lit un poème de Sylvia Plath sur la cueillette des mûres, et brusquement je me redresse pour écouter parce que ça me plaît, c'est tellement étrange et différent, mais ensuite elle prend un autre poème, *Les Hauts de Hurlevent,* et le premier vers parle d'horizons qui la cernent comme des fagots ; on s'écroule toutes de rire ; Mme Madley se met vraiment en rogne en disant qu'on est lamentables et puis elle nous annonce qu'on doit toutes écrire un poème. Immédiatement. Au moins douze vers. Sur la nature. Et celle qui n'y parviendra pas se retrouvera collée avec double dose de devoirs.

Je me lance.

Je pense au pays de Galles. Je réfléchis de toutes mes forces.

La boue, la boue, cette horrible boue...

C'est comme cette vieille chanson de l'hippopotame.

Si tu glisses dans la boue
T'en as plein partout.

Je parie que Mme Madley s'attend à une réaction plus passionnée à l'égard de la nature.

J'essaye encore.

Là-haut dans la montagne
D'un bout à l'autre de la campagne
On se demande toujours
Si enfin un de ces jours
On pourra retrouver sa maison
Et son joli escalier en colimaçon.

J'observe autour de moi. Au secours ! Tout le monde a l'air parti dans son truc. Nadine lève les yeux au ciel et Magda me tire la langue, mais elles ont le regard vague. Elles se concentrent sur leurs poésies. Toute la classe a l'air sérieux. Je n'ose pas me lancer dans quelque chose d'idiot et de drôle. Mais comment faire semblant de m'intéresser à la campagne ? Attendez voir. La nature ne s'arrête pas pile à l'entrée de chaque ville. Je pourrais écrire quelque chose sur la nature telle qu'elle est ici. Je regarde par la fenêtre. C'est un jour gris et morne. Les haies de troènes des jardins de banlieue de l'autre côté de la rue sont taillées en forme d'arceaux très moches. Les plantes à repiquer ont des couleurs d'affiches trop vives, elles sont disposées en motifs répétitifs inesthétiques, comme du papier peint. Les arbres ont tous été écimés si bien que leurs branches n'ondulent pas dans le vent. La nature en banlieue n'est pas un spectacle réjouissant.

D'accord. Et la nuit ? Dans le jardin... Moi dans le square avec Russell, et la lune dans le ciel et les peupliers ? Oui.

J'écris. J'oublie que je suis en cours d'anglais, que Mme Madley est de mauvaise humeur, que mon collant est de traviole parce que je l'ai mis trop vite après la gym, que mes cheveux sont encore plus rebelles que d'habitude et qu'ils se dressent sur ma tête comme si j'avais été victime d'une petite explosion localisée.

Je ne suis plus là du tout. Me revoilà dans le jardin avec Russell et les mots se forment sur la page, ma main écrit comme de sa propre initiative.

« C'est terminé, les enfants, annonce Mme Madley. Très bien, vous étiez très absorbées. J'espère que les fruits de votre labeur seront veloutés. Qui veut lire en premier ? »

Oh, non ! Elle veut qu'on les lise à haute voix ! Je me redresse, le cœur battant. Elle désigne d'abord Jess, et Jess nous lit donc un petit poème bien propre sur les fleurs, simple et sans histoires. Puis c'est le tour de Stacy et elle en rajoute sur la mer, les vagues blanches et déchaînées et l'écume qui vole, jusqu'à se retrouver avec la bouche pratiquement écumante, elle aussi. C'est un poème complètement frime avec des allitérations absolument abominablement abominables mais Mme Madley s'emballe aussi pour celui-là. Ensuite, c'est Maddie la timide qui s'y colle ; elle rougit, elle dit que son poème ne vaut rien et puis elle chuchote tellement bas qu'on l'entend à peine. Une histoire de moulins, de champs, de moissons et de récoltes. Mme Madley n'a pas l'air très intéressée, mais elle dit : « Très bien ma petite. » Et puis elle désigne Nadine.

« Le mien parle de la nuit, Mme Madley », explique Nadine.

Il est bien, très gothique, une nuit de tempête avec des chauves-souris qui battent des ailes, des chats qui filent, des arbres qui frappent contre les vitres, des éclairs qui sont l'émanation de l'enfer et le grondement du tonnerre quand le diable se décide à surgir de son trou.

« Nadine, tu as vraiment fait un effort. C'est bien, apprécie Mme Madley. Maintenant... à Ellie. »

Mon Dieu ! Je parcours ma page d'un coup d'œil. Impossible.

« Ellie ?

— Euh... le mien parle aussi de la nuit. C'est la même chose que Nadine. Une nuit derrière l'autre, ça risque d'être un peu répétitif. On pourrait pas plutôt écouter un poème sur le jour ?

— Ellie, j'ai l'habitude que les élèves soient répétitives. Allez, vas-y.

— Dans le jardin la nuit
Quand la pâle lune luit
Blanche au-dessus des peupliers
Grands minces et sombres
Frise géante et déployée
Autour de la place pleine d'ombres. »

Je me tais et j'avale ma salive. Je sens mon visage s'empourprer.

« Continue, m'encourage Mme Madley. C'est bien, Ellie.

— Ça y est, je dis. J'ai fini.

— Mais non. Je vois qu'il y a encore d'autres vers. Et j'ai demandé au minimum douze vers. Je sais compter, Ellie. »

J'inspire profondément.

« Serre-moi dans ce jardin
Ton visage pâle et tendu
Lumineux et moi perdue
Grand mince et sombre
Autour de moi enroulé
M'enlaçant sans me lasser. »

Silence dans les rangs puis toute la classe explose. Mme Madley me regarde fixement, puis elle soupire. Lourdement.

« Calmez-vous, espèces de sottes. Eleanor Allard, qu'est-ce que je vous ai demandé d'écrire ?

— Un poème, Mme Madley.

— Quel genre de poème ?

— Sur la nature.

— Ai-je demandé le genre porno soft pour adolescents ?

— Non, Mme Madley.

— Parfait. Je trouve incroyablement idiot de ta part de gâcher tes talents poétiques et le temps précieux de mon cours avec de telles bêtises. Tu auras double ration de devoirs à la maison. Un essai sur la poésie de la nature et un autre poème sur le même sujet – et lundi, tu nous le liras à voix haute et si le contenu fait glousser quiconque, tu devras tout recommencer. Me suis-je bien fait comprendre ? »

C'est clair comme de l'eau de roche. C'est quoi, de l'eau de roche ? Ça se boit ? Ça doit être plein de petits cailloux avec lesquels elle pourrait s'étrangler... C'est tellement injuste. Je ne voulais pas me montrer insolente – je me suis seulement laissé emporter en pensant à Russell et moi dans ce jardin. Et c'était un commentaire poétique, où j'opposais la nature à la nature humaine. Vieille peau de vache !

Nadine et Magda m'envoient des messages sans le son, mais je n'ose pas répondre, vu l'humeur de Mme Madley. Qu'est-ce qui leur arrive à tous ces profs, aujourd'hui ? Je ne peux plus supporter l'école. Je m'évade dans un rêve personnel où je serais adulte, où j'aurais mon propre studio et où je pourrais passer mes journées à dessiner. Ça pourrait être un grand studio avec deux tables. Je pourrais travailler à un bout du studio et Russell à l'autre...

Je suis folle, je viens juste de le rencontrer et j'en suis déjà à envisager de vivre avec lui. Je me demande ce que ça ferait de passer toute la journée avec lui. Et puis aussi toute la nuit...

Brutalement arrachée des bras de Russell, je sursaute en entendant la cloche sonner. Magda et Nadine se jettent sur moi dès que nous sommes sorties de la salle.

« Dis-nous ce qui s'est passé avec Russell, Ellie !

— Ton poème ! Dis donc, il était vraiment limpide. Comment as-tu pu le lire devant toute la classe ?

— Je voulais pas. Elle m'a obligée.

— Mais tu l'as écrit dans ton cahier d'anglais, andouille !

— Oui, bon, les mots sont sortis comme ça.

— Comme le truc de Russell ! » lance Magda.

Nadine et elle sont prises d'un fou rire monstrueux.

« Alors, tu l'as fait, avec Russell ?

— J'arrive pas à y croire, alors que tu viens juste de le rencontrer.

— Et tu m'as sermonnée comme une malade pour que j'aille pas trop loin avec Liam.

— Tu t'es protégée, hein, Ellie ?

— Comment c'était ?

— Raconte-nous tout dans les moindres détails. »

Je les regarde fixement comme si elles étaient devenues cinglées.

« D'accord, d'accord, il m'a embrassée. Une fois. Plusieurs fois.

— Et ?

— Et c'est tout.

— Mais dans ton poème, t'as expliqué que tu l'avais fait.

— Mais non.

— Mais si, mais si ! Passe-le-nous. »

Magda m'arrache mon cahier d'anglais et fouille dedans à la recherche de mon poème. Elle lit les deux derniers vers... et les voilà reparties, Nadine et elle, à rigoler comme des bossues.

« Qu'est-ce qu'il y a ?

— Tu as écrit *enroulé, m'enlaçant.*

— Oui, je sais, ça sonne bizarre.

— C'est le moins qu'on puisse dire.

— Mais je voulais des mots qui fassent allitération, d'accord, parce que Mme Madley est tellement accro à ça – et puis il fallait que ça rime, c'est tout ce que j'ai réussi à trouver.

— Non, mais tu crois ça, toi, Nadine ! s'exclame Magda en soupirant, les sourcils levés.

— Oh, Ellie ! Tu veux dire qu'il ne t'a pas prise...

— Il m'a enlacée, ben oui, mais c'est tout. Qu'est-ce que vous avez compris d'autre ?

— À t'entendre, on aurait cru que Russell et toi... Tu sais. Donc *enroulé.*

— Ouh là là, je ne voulais pas dire ça. Personne n'a imaginé que je pensais à une chose pareille, hein ?

— C'est ce que tout le monde a compris. Mme Madley la première.

— Rien d'étonnant à ce qu'elle m'ait collé tous ces devoirs supplémentaires.

— Alors, Russell et toi, vous n'avez rien fait du tout en réalité, dit Nadine, l'air déçu. À entendre la façon dont ton père braillait, on aurait pu croire que vous aviez pris la fuite tous les deux.

— Je suis désolée, ça me gêne beaucoup qu'il t'ait embêtée comme ça.

— Pas de problème. Je regrette seulement de n'avoir pas pu inventer une bonne excuse pour toi. Je ne savais pas quoi dire.

— Et moi non plus. Il est encore fou de rage contre moi. Il dit que je n'ai plus du tout le droit de sortir.

— Quoi... plus jamais ?

— Pas dans l'avenir immédiat. Évidemment, je n'en tiens aucun compte. J'ai rendez-vous avec Russell ce soir.

— Vraiment ! Waouh, il doit être accro.

— Alors, tu vas sortir tranquillement ?

— Eh bien, papa n'est pas là ce soir, alors c'est facile.

— Et Anna ?

— Oh, c'est pas un problème, je réponds avec désinvolture – en espérant que ce sera vrai.

— T'es une sacrée veinarde, Ellie. Moi, mon gros problème, c'est ma mère », dit Nadine.

Arrivées à la cantine, nous nous installons. Pizza au menu. Magda est en train de lécher le fromage fondu avec sa petite langue rose de chat. Celle-ci est très pointue – comme son ton, d'ailleurs.

« Alors, t'es vraiment accro à Russell ? » demande-t-elle.

« Euh... » je dis en haussant les épaules.

J'aimerais bien savoir ce que Nadine et Magda pensent de lui. Inutile de jouer la nana emballée si elles estiment que c'est un snobinard nul. Mais si elles sont sacrément impressionnées et jalouses, ça vaut le coup d'avoir l'air folle d'enthousiasme, genre « il est ultrabonnard ». Et c'est bien ce qu'il est... pas vrai ?

Et moi, là-dedans, qu'est-ce que je deviens ? J'aimerais bien le savoir ! Assise là en train de manger de la pizza dans mon uniforme scolaire informe, j'ai presque l'impression de l'avoir inventé. Heureusement que Magda et Nadine sont là pour témoigner du fait qu'il existe pour de vrai.

Pour l'instant, je ne parviens même pas à retrouver son visage. Je me souviens de cheveux un peu longs... Je me souviens de ses yeux bruns... Et voilà tout. Je ne suis même pas sûre à cent pour cent de me souvenir de sa voix. Est-il vraiment chic snob ou plutôt banal ? Il y a une chose dont je me souviens très clairement : c'est de la sensation de sa bouche contre la mienne.

« Ellie ! Tu rougis !

— Pas du tout, je proteste bêtement, alors que je suis rouge comme une tomate.

— Tu es sûre que vous n'avez rien fait d'autre que vous embrasser ? insiste Nadine.

— Certaine !

— Il se débrouille comment pour embrasser ? demande Magda.

— Bien !

— Mmmm... Un vrai cri du cœur ! Mieux que Dan ?

— Je suis sûre que même Eggs embrasse mieux que Dan. »

De toute façon, Dan n'a jamais été un vrai petit ami, alors que Russell... Est-ce que je peux déjà en parler comme d'un petit ami ? Une chose est certaine : je dois absolument le voir ce soir – et ce n'est pas Anna qui pourra m'en empêcher.

Il n'empêche que c'est quand même difficile. À mon retour de l'école, Anna m'attend avec un délicieux goûter : cake, fromage blanc et prunes. Nous croquons ensemble un petit morceau pendant qu'elle me raconte tout sur la nouvelle conquête d'Eggs en CE2 : une fille plus âgée ! Eggs s'enfile la moitié d'un sac de prunes et sourit d'un air suffisant chaque fois qu'on prononce le nom de Mandy.

« C'était un peu gonflé de ta part de la draguer, étant donné qu'elle est dans la classe au-dessus, je remarque.

— C'est elle qui m'a dragué, répond Eggs en mordant dans une autre prune. Elle me trouve mignon. Elle veut jouer avec moi tous les jours.

— Demain, elle risque de ne plus penser que t'es aussi mignon si tu te retrouves coincé dans les cabinets des garçons avec une diarrhée épouvantable, après avoir mangé toutes ces prunes.

— Demain, c'est samedi, alors j'irai pas à l'école, ha ha ha ! riposte Eggs en enfournant une prune entière dans sa bouche.

— Eggs ! Arrête d'être aussi vorace et dégoûtant ! Oh bon sang, tu vas t'étrangler », dit Anna en se précipitant pour lui taper dans le dos.

La prune s'envole de la bouche d'Eggs et vient atterrir mollement sur le sol de cuisine.

« Ma prune ! proteste Eggs, prêt à la ramasser.

— Elle est toute sale maintenant, intervient Anna en la récupérant vite fait.

— Tout comme Eggs, je fais remarquer. Regarde, il est immonde.

— Il a fait de la peinture au doigt aujourd'hui, explique Anna. Sauf que dans le cas d'Eggs, c'est de la peinture au corps tout entier. Tu viens prendre un bain, mon petit bonhomme ?

— Moi aussi, je veux prendre un bain », je dis vivement.

Anna me regarde. Généralement, je me lave tard le soir. Je n'occupe la salle de bains de bonne heure que si je sors. Elle hésite. Nous n'avons pas fait la moindre allusion aux événements orageux d'hier soir et de ce matin. Je vois le combat qui se livre en elle, parce qu'elle n'a pas envie de gâcher cette atmosphère amicale à moins que ce ne soit indispensable.

Je fonce hors de la cuisine sans lui laisser le temps de se décider, et je file dans la salle de bains où je me lave à toute vitesse, heureuse que le bain chaud ait embué la glace. Après ma stupide crise d'anorexie-boulimie, je fais des efforts pour essayer d'accepter mon corps tel qu'il est, mais il faut bien dire qu'il est D-O-D-U. Quand on est sur le point de se rendre à son premier rendez-vous sérieux, on préférerait être maigre ! J'enfile mon plus beau pantalon et un haut en dentelle, mais je me sens boudinée (pourquoi ai-je mangé trois tranches de cake ?), je mets mon pantalon large et une chemise, mais c'est une tenue bien trop ordinaire, je mets une robe, mais c'est bien trop habillé. En culotte, je fouille dans toute ma garde-robe, et finalement je me jette sur mon plus beau pantalon avec le petit haut de dentelle.

Le temps cavale de plus en plus. Je me maquille, sans mégoter sur le fond de teint pour le moindre soupçon de petit bouton. Je souligne mes yeux pour les agrandir et les rendre captivants, je m'enduis les cils de mascara afin de pouvoir en battre de façon provocante. Je me dispense de rouge à lèvres, parce que je n'ai aucune envie d'en couvrir Russell. Après, je m'attaque au ratissage de la chevelure. Je bande mes forces, je m'empare de ma plus méchante brosse et je fais de mon mieux pour discipliner mes cheveux car l'humidité du bain les a fait friser encore plus que d'habitude. Une fois que j'ai terminé, je déteste toujours l'allure que j'ai, mais hier j'étais bien pire et pourtant, c'est moi que Russell a dessinée. Ni Magda ni Nadine. Moi.

C'est tellement surprenant que j'ai du mal à y croire.

« Moi moi moi moi moi ! » je chantonne, dans le style cantatrice qui s'échauffe la voix.

Puis je descends en m'armant de courage. Je pourrais peut-être foncer dans l'entrée et sortir sans rien dire. Finalement, ce serait peut-être le plus simple ?

« Ellie ? appelle Anna en venant sur le seuil de la cuisine. Tu sors ?

— Salut, Anna ! je réponds en tentant d'avoir l'air parfaitement normal.

— Ellie ! Ton père t'a interdit de sortir.

— Je sais, mais il n'est pas là.

— Oh, bon sang, ne me fais pas un coup pareil ! Ellie, tu ne peux pas sortir, pas après ce qui s'est passé hier soir.

— Tu sais très bien que papa s'est laissé emporter.

— Peut-être un peu, d'accord... mais si tu sors maintenant, il ne reculera plus jamais sur le sujet.

— Il le saura pas. Je serai rentrée longtemps avant lui.

— Je le lui dirai.

— C'est pas vrai.

— Je ne sais pas. Écoute, Ellie, tu ne pourrais pas inviter ce Russell ici ? Comme ça, tu pourrais le voir sans pour autant défier ton père.

— Je ne connais pas son numéro de téléphone. Je ne connais même pas son nom de famille. C'est pour ça qu'il faut que j'aille à ce rendez-vous, Anna. Si j'y vais pas, il va croire que je le laisse tomber et je le reverrai plus jamais de ma vie.

— Et il te plaît vraiment ?

— Oui ! Oh, Anna, je t'en prie. Il faut que j'aille le retrouver.

— Mais je ne peux pas te laisser partir avec lui. Et s'il arrivait quelque chose ?

— Qu'est-ce que tu veux qu'il arrive ? Écoute, on a rendez-vous au Flowerfields. Je suppose que nous irons au McDo. Ou peut-être manger une pizza, je ne sais pas. Je lui expliquerai que je suis obligée de rentrer tôt, vraiment tôt. À neuf heures. Bon, disons neuf heures et demie. Je t'en prie, Anna. Je t'en prie, laisse-moi y aller. Je te promets de rentrer à neuf heures et demie. Je ne te laisserai pas tomber. Je t'en prie, fais-moi confiance. Je t'en prie.

— Oh, vas-y alors, vilaine fille que tu es », dit Anna en me tendant même un autre billet de cinq livres.

Je la prends dans mes bras et je lui donne un gros baiser.

« Tu es un cœur ! » je lui dis avant de filer.

Je suis tellement heureuse qu'elle m'ait laissée sortir que je dévale la rue en bondissant. Ce n'est que dans le bus que je commence à me sentir nerveuse. Je me demande ce que je vais dire en voyant Russell. « Salut, Russell », je marmonne en souriant et en faisant des petits gestes de la main. Oh zut, quelqu'un me regarde. Ils doivent se poser des questions sur cette folle qui parle toute seule en faisant des gestes. Dans mon haut de dentelle, j'ai très chaud et comme c'est de la dentelle bon marché, ça gratte. Je me gratte à deux mains. Maintenant, tout le monde va croire que j'ai des puces.

En retrouvant Russell, il faudra que je reste tranquille. Plus de grimaces, plus de marmonnements, plus de petits gestes et surtout plus de grattages, autrement il va me dessiner sous forme de singe.

Le trajet est interminable. J'ai peur d'arriver en retard et qu'il pense que je ne viens pas. Oh Russell, évidemment que je viens ! J'ai bravé mon papa, j'ai brusqué la malheureuse Anna, j'ai pris tous les risques pour te voir.

Je bondis hors du bus dès qu'on arrive en ville. Je cours comme une malade jusqu'au centre commercial Flowerfields. J'arrive, hors d'haleine, avec une minute d'avance. Je suis la première.

Et la dernière.

J'attends.

Russell est en retard.

J'attends, j'attends, j'attends.

Russell est très très très en retard.

J'attends jusqu'à huit heures.

Et puis je me traîne jusque chez moi, en essayant de ne pas pleurer.

4

Le temps des pleurs

« Oh, Ellie, Dieu merci ! On peut compter sur toi ! Mais c'était pas la peine de revenir de si bonne heure », dit Anna.

Puis elle voit la tête que je fais.

« Ellie ? Oh là là ! Que s'est-il passé ? Il n'a pas été aussi gentil aujourd'hui ? Il a fait quelque chose qui t'a contrariée ?

— Il n'a rien fait du tout. Il n'est pas venu ! » je gémis, et toutes les larmes que je retenais jaillissent aussi brutalement que les flots dans *Titanic.*

Eggs est au lit, heureusement, et papa n'est pas encore rentré, évidemment. Anna et moi, on est seules. Elle m'entoure de son bras et je sanglote sur son épaule. Elle porte un nouveau pull-over bleu pâle que son amie Sara lui a offert, et moi, j'ai beaucoup de mascara.

« Oh, bon Dieu, Anna ! J'ai fait plein de taches noires sur ton pull-over. Je m'excuse, je dis en bafouillant.

— C'est pas grave. De toute façon, je ne l'aime pas, ce pull-over. Sara frime tellement avec cette histoire d'avoir sa propre ligne de vêtements. Elle croit que je suis complètement toquée de ses trucs, alors que je ne l'ai pris que par politesse.

— Je t'en débarrasse si tu ne l'aimes pas.

— Je me demande pourquoi tu as envie de porter les pull-overs de tout le monde, dit Anna en m'essuyant le visage avec un mouchoir en papier.

— Ceux de papa, j'ai arrêté. Oh, Anna, ne lui dis pas que Russell n'est pas venu, d'accord ?

— Évidemment. Je ne vais même pas lui dire que tu es sortie ! Je suis désolée, Ellie... mais tellement soulagée que tu ailles bien. Je n'aurais pas dû te laisser sortir. Pas à cause de ton père. C'est vraiment dangereux de sortir seule pour une fille de ton âge.

— Bien sûr que non. Il n'y a aucun danger. Avec moi, personne n'a envie de se conduire mal. En tout cas, pas Russell. Oh, Anna, c'était tellement épouvantable d'attendre là. Toutes ces filles qui traînaient et qui me regardaient en rigolant. Elles savaient parfaitement qu'on m'avait posé un lapin.

— Tu es sûre que le rendez-vous était bien pour ce soir ?

— Oui, l'heure, l'endroit, tout. Manifestement, il n'a jamais eu l'intention de venir. Papa avait raison. Il ne s'intéressait absolument pas à moi. Il voulait juste essayer au cas où ça aurait marché.

— Et alors ? demande Anna, inquiète.

— Non. On s'est juste embrassés. »

Je pense aux baisers de Russell. Ils ont eu une telle importance pour moi, et pourtant on dirait bien qu'il ne veut plus jamais m'en donner. La tête dans les mains, je me mets à sangloter.

« Ma pauvre petite Ellie. Ne prends pas les choses tellement à cœur. Moi aussi, on m'a posé des lapins. Tout le monde a connu ça. Ne te mets pas dans un état pareil. Et si tu téléphonais à Nadine ou à Magda ? Histoire de râler un bon coup. »

Mais, pour la première fois de ma vie, je ne me sens pas le courage de discuter avec mes deux meilleures amies. Je sais qu'elles seront gentilles avec moi, mais ça va être tellement humiliant, surtout après la façon dont j'ai frimé en classe à propos de Russell et après avoir écrit ce poème idiot...

Je comprends pourquoi Nadine refusait presque de me parler quand elle était folle de rage contre Liam. C'était un immonde porc qui ne pensait qu'à avoir des rapports sexuels avec elle, mais au moins ils sont sortis ensemble plein de fois et elle pouvait croire qu'elle comptait énormément pour lui. Russell ne s'est même pas donné la peine de me sortir une seule fois.

Je monte me coucher très tôt, parce que je veux avoir disparu du paysage quand papa rentrera. Dans ma chambre, je sors mon carnet de croquis. Je regarde le portrait de Russell. Puis je prends mon crayon le plus épais et le plus noir et je gribouille dessus, repassant encore et encore jusqu'à ce qu'il n'en reste plus qu'un gros bazar noir. Puis j'arrache la feuille du carnet et je la déchire en minuscules petits bouts que je balance par la fenêtre. Ils volettent dans l'air nocturne comme des confettis noirs.

Parfait, je lui ai réglé son compte. Maintenant, je vais oublier tout ce qui le concerne. Un type pareil ne vaut pas la peine qu'on y pense.

Je le sais bien. Mais je ne peux pas m'empêcher d'y penser quand même. La moitié de la nuit. Je fais la grasse matinée très tard, en me cachant sous la couette pour ne pas voir la lumière du jour. J'entends à peine le téléphone sonner. Puis les pas légers d'Anna.

« Téléphone pour toi, Ellie. »

L'espace d'une folle seconde, je me demande si ce ne serait pas Russell qui appelle pour s'excuser, et puis je me souviens qu'il n'a pas mon numéro, il ne sait même pas comment je m'appelle.

C'est Magda.

« T'étais encore au lit ? Tu as donc passé une longue soirée avec le divin Russell ?

— Niet, je marmonne.

— Quoi ? Oh, ton père est dans les parages ? »

Papa est parti à la piscine avec Eggs. Heureusement.

Je grommelle quelque chose d'encore moins compréhensible.

« Je ne t'entends pas ! crie Magda. Écoute, réponds par oui ou par non si ton père a les oreilles qui traînent. Tu t'es bien amusée avec Russell ?

— Non.

— Alors, ça s'est mal passé avec Russell ?

— Non.

— Eh, décide-toi !

— Écoute, je peux pas en parler, Mags.

— Bon, on se retrouve cet après-midi, d'accord ? Avec Nadine ?

— Je n'ai pas le droit de sortir. Papa ne m'autorisera pas », je dis avant de raccrocher.

« Ton père acceptera de te laisser sortir avec Magda et Nadine, intervient Anna.

— Ça ne me tente pas du tout, de toute façon, je réponds avant de remonter péniblement l'escalier.

— Tu vas te laver ? » demande Anna.

Je n'ai aucune envie de me laver. Aucune envie de m'habiller. Aucune envie de prendre mon petit déjeuner. Aucune envie d'avoir le moindre contact avec le monde extérieur. Je n'ai même plus envie de parler à Anna.

Je retourne me réfugier dans mon lit tout froissé, les genoux sous le menton. Je regrette de ne plus avoir mon vieil éléphant bleu que j'aimais tant. Je regrette de ne plus être une petite fille. Je regrette de ne plus penser que les garçons sont un ramassis de morveux qui se curent les trous de nez, mangent les crottes qu'ils y trouvent et arrachent les bras des poupées Barbie. Je regrette qu'Eggs existe et que papa ait rencontré Anna. Je regrette que maman ne soit plus en vie.

J'ai la gorge douloureuse et les yeux qui me brûlent. Je commence à pleurer parce que, brusquement, maman me manque énormément, même si elle est morte il y a très longtemps. Je pleure sous ma couette pendant une éternité. À l'heure du déjeuner, quand j'émerge enfin, j'ai les yeux rouges et gonflés. Je descends manger des sandwiches au bacon. Manifestement, Anna a prévenu papa et Eggs. Ils me dévisagent tous les deux, mais un seul coup d'œil furieux d'Anna suffit à les faire parler natation. Eggs fait une démonstration de sa version nage libre avec tant d'enthousiasme qu'il envoie valdinguer la croûte de son sandwich et manque m'éborgner. Papa lui demande de bien vouloir se calmer. Eggs se déchaîne encore plus. Papa se fâche.

Anna intervient. Je laisse tout cela me glisser dessus. Je m'en fiche, de tout ça. Je me fiche de tout. Ce n'est pas comme si un jour j'allais fonder ma propre famille. C'est évident, aucun garçon ne voudra jamais sortir avec moi, et encore moins former un couple normal. Mon premier petit ami, Dan, était un nul total. Le plouc de première avec un grand P et pourtant, c'est encore lui qui m'a larguée. Et Russell ne s'est même pas donné la peine de venir à notre premier rendez-vous. Je vais mener une existence totalement solitaire, dépourvue d'amour et de tendresse.

Une larme glisse le long de ma joue.

« Oh, Ellie, dit papa, je ne peux pas supporter de te voir aussi malheureuse. Écoute, je suis navré de ne pas t'avoir laissée sortir retrouver ce garçon hier. »

Je jette un œil à Anna. Elle hausse à peine le sourcil. Je décide qu'il est plus sage de ne rien dire.

« Ellie pleure, commente inutilement Eggs.

— Toi, finis ton sandwich et laisse Ellie tranquille, lui recommande Anna.

— J'ai le sentiment d'en avoir rajouté dans le rôle du père sévère, dit papa. Mais comprends-moi bien, Ellie, c'est seulement parce que je t'aime. »

Personne d'autre ne m'aime. Inutile de s'inquiéter au cas où Russell voudrait aller trop loin, papa. Avec moi, Russell ne veut plus aller nulle part.

Je ne dis rien de tout cela. Je me contente de renifler.

« D'après Anna, tu as raconté à Magda que je vais refuser de te laisser sortir cet après-midi pour la voir. Ellie, je ne suis pas si méchant. Tu peux sortir avec tes copines, nom d'un chien ! »

Je hausse les épaules et je me retire dans mes appartements.

Mais Magda et Nadine ne me lâchent pas aussi facilement. Dix minutes plus tard, on frappe à la porte. Magda. Et Nadine. Papa va leur ouvrir et la grande scène commence.

« Oh, M. Allard ! Nous sommes venus vous supplier, j'entends Magda dire.

— Nous savons que vous êtes fâché contre Ellie. Je suis désolée de ne pas vous avoir prévenu tout de suite de ce qui se passait. C'est en partie ma faute » ajoute Nadine.

Et elles le tarabustent, et elles minaudent et s'agitent. Manifestement, cette situation enchante papa et il la fait durer. Puis il fait mine de céder.

« Bon, les filles, je ne voudrais pas vous gâcher votre après-midi. D'accord, vous m'avez convaincu. Ellie peut sortir avec vous. »

En poussant des cris de bonheur, elles bondissent à l'étage. Les semelles compensées de Magda résonnent tandis que les tennis de Nadine sautillent. Elles font irruption dans ma chambre comme deux chevaliers en armure venus sauver la princesse. Je me sens plutôt comme un ignoble monstre.

Elles sont très fières de leur prétendue victoire et j'essaye d'avoir l'air pleine de reconnaissance.

« Mais à vrai dire, je n'ai aucune envie de sortir », je proteste faiblement.

Je prétends que c'est parce que mes règles me font mal. Ça les rend aussi soupçonneuses que Mme Henderson. Elles examinent toutes deux mes yeux rougis et mon visage gonflé.

« Viens, Ellie, dit Magda. Raconte-nous pour Russell. Alors, il est pas venu ?

— T'as tout compris, je dis en recommençant à pleurer.

— Oh, Ellie, quel pourri, c'est pas vrai ! Tu l'as attendu combien de temps ? demande Nadine.

— Une heure ! » je glapis.

Puis je leur raconte tout. Magda me prend par le cou et Nadine par la taille et elles me donnent toutes deux des petites tapes pleines de compassion. Nadine dit qu'elle trouvait qu'il avait les yeux trop rapprochés et cet air sacrément sournois qui aurait dû nous mettre la puce à l'oreille. Mais c'est pas à elle de la ramener, étant donné son histoire avec Liam. Magda dit qu'il paraît très jeune pour son âge, mais elle non plus, elle n'a vraiment rien à dire, vu qu'elle est sortie avec Greg qui avait toute la finesse de Dennis la Menace.

Je commence à me sentir un peu mieux. Nadine va dans la salle de bains chercher un gant de toilette pour me baigner les yeux. Magda renverse sa trousse de maquillage, elle me fait les paupières gris foncé avec un trait noir ; maintenant que j'ai des yeux tout neufs et des vieilles copines, je me sens beaucoup mieux.

« On sort, maintenant ? » propose Magda.

Nadine attrape ma veste et on y va, toutes les trois. Je commence à me demander pourquoi je me suis mise dans un tel état à propos de Russell. Les petits amis, c'est bien mais à côté des copines qui vous laissent jamais tomber et qui sont aux petits soins pour vous, c'est de la petite bière.

Nous allons en ville, au Flowerfields et je réussis même à être drôle en évoquant le pauvre petit fantôme triste d'Ellie qui attend toujours. Nous nous promenons un moment dans les boutiques de vêtements, à essayer différents trucs en riant comme des folles.

« Et voilà ! s'écrie Magda. Je savais qu'on te remonterait le moral si on te faisait sortir. Oublie Russell, oublie tous les garçons. Ils valent pas le coup. »

À ce moment précis, elle est en train de suivre des yeux trois garçons vêtus de jeans moulants qui font les idiots devant le magasin HMV. Ils disparaissent à l'intérieur.

« Ça me dirait bien d'acheter cette nouvelle compil des meilleures chansons d'amour, déclare Magda. Je peux aller la réécouter encore une fois ? »

Nadine et moi, nous échangeons un regard et le fou rire nous prend.

Nous nous baladons dans HMV ; Magda surveille les garçons pendant que Nadine et moi on passe encore une fois en revue nos albums préférés, en jouant à si-j'avais-cent-livres-à-dépenser. Le disque de Claudie Coleman vient en tête sur nos deux listes.

« Eh, regardez ! s'écrie Nadine en montrant une affiche de Claudie Coleman au-dessus du comptoir. Elle chante à l'Albert Hall le mois prochain.

— Oh, super, on y va ! clame Magda, abandonnant momentanément les garçons. Je voudrais tellement la voir en vrai, pas vous ?

— Euh, les billets risquent de coûter bonbon, je dis prudemment, en regrettant d'être toujours aussi serrée question argent de poche. Mais Anna sera peut-être d'accord pour m'aider.

— Écoute, si tu en as besoin, moi je t'aiderai, et toi aussi, Nadine, déclare Magda. Mais les filles, il faut absolument qu'on aille voir Claudie, non ? »

Elle griffonne le numéro de téléphone des réservations.

« Dès que je rentre à la maison, je demande à papa de les réserver avec sa carte de crédit, d'accord ? » ajoute-t-elle.

À tour de rôle, nous allons chanter en chœur avec Claudie dans la cabine d'écoute. Il y a en particulier une chanson dont je ne me lasse pas. Claudie chante très près du micro, d'une voix douce comme un souffle, on dirait qu'elle me chuchote dans l'oreille.

Ne pense même pas à lui
Il n'en vaut pas la peine, pas la peine, pas la peine
Qui a besoin d'un homme pour se sentir femme ?
Tu te débrouilles très bien sans lui, ma petite.

Je la passe et la repasse jusqu'à connaître les paroles par cœur et nous la chantons en nous baladant dans le centre commercial. Nous la chantons en duo dans l'autobus avec Nadine. Elle a acheté l'album, la veinarde, mais elle a promis de me faire une copie. Ensuite, je me la fredonne en version solo en revenant chez moi.

Qui a besoin de Russell ? On s'en fiche de Russell ! *Ne pense même pas à lui.*

« Ellie, devine qui est passé ici cet après-midi ? »

Je le regarde et j'attends.

« Devine, insiste papa.

— Je ne sais pas, je réponds en haussant les épaules.

— Un certain jeune homme. »

Mon cœur cesse de battre.

« Quel jeune homme ?

— Avec des cheveux trop longs. Assez content de lui. Un carnet de croquis coincé de façon plutôt prétentieuse sous le bras.

— Russell !

— Lui-même.

— Mais comment a-t-il eu mon adresse ?

— Ah. Je lui ai posé la même question. Et il m'a répondu de façon très probante. Il connaissait vaguement le quartier, alors il a arpenté un certain nombre de rues en décrivant une certaine jeune demoiselle répondant au nom d'Ellie, et finalement, quelqu'un quelque part a reconnu sa description et lui a suggéré de venir sonner chez nous.

— Oh, mon Dieu ! Tu es sérieux, papa ? Russell est vraiment venu ?

— Absolument. Il était très inquiet à propos d'hier soir. Son père a fait un foin de tous les diables parce qu'il est rentré tard jeudi soir. Apparemment, il n'avait pas daigné prévenir son père qu'il allait se promener après les cours et, quand il s'est pointé chez lui à minuit, le père était tellement en colère qu'il ne l'a pas laissé du tout sortir hier, même si le jeune Russell l'a imploré, supplié, même s'il a pleuré, gémi, crié. Alors, il n'a pas pu te retrouver comme prévu, ce qui n'est pas plus mal puisque toi-même tu étais également enfermée par un père tout aussi furibard. N'est-ce pas ?

— Oui, oui, c'est vrai ! Et qu'est-ce qu'il a dit d'autre, Russell ?

— Pas grand-chose. Ma réaction l'a manifestement un peu déconcerté. J'étais très fâché contre lui. Il n'avait pas le droit de t'entraîner dans ce square.

— Papa, tu ne t'es pas vraiment mis en colère contre lui ? Je peux pas y croire. Il ne m'a pas laissée tomber ? Il n'a vraiment pas pu faire autrement ? Et il est allé partout en essayant de retrouver ma trace cet après-midi rien que pour s'expliquer ?

— Rien que pour s'expliquer ? s'exclame papa. Il pouvait toujours argumenter. J'ai pas bougé d'une pose.

— Oh, papa, tu n'as pas été vraiment méchant avec lui ?

— Bien sûr que si. Ce jeune homme n'oserait même plus cligner de l'œil dans ta direction sans ma permission. Et je ne la lui ai pas donnée. »

Je dévisage papa, essayant désespérément de comprendre s'il est sérieux ou non. Je crois qu'il se moque de moi, mais je n'en suis pas sûre. Je voudrais bien qu'Anna soit là parce qu'elle saurait m'aider. Pourquoi a-t-il fallu que Russell passe quand j'étais sortie, bon sang de bonsoir ! Mais quand même... aller de maison en maison en demandant après moi.

On dirait bien qu'il a sérieusement envie de me revoir !

« Alors, qu'est-ce qu'il a dit exactement, papa ?

— Je te l'ai dit, c'est moi qui faisais la conversation.

— Et ça s'est terminé comment ?

— Je pense qu'il a compris les erreurs qu'il avait commises, commente papa en haussant les épaules.

— Papa. Tu pourrais éviter d'être aussi exaspérant. Russell... a-t-il fait allusion... au fait de me revoir ? »

Papa secoue la tête.

« Absolument pas, étant donné que je le lui ai formellement interdit.

— C'est pas vrai ! Réellement, tu lui as dit que je ne pouvais pas sortir avec lui ? »

Je suis toujours sûre qu'il me fait marcher, mais n'empêche, j'entends bien ma voix déraper dans les aigus.

« Réellement, vraiment... peut-être ! dit papa.

— A-t-il proposé qu'on se voie ou pas ?

— Tu insistes toujours pour être une jeune femme libérée. Peut-être est-ce à toi de faire le premier pas. Si jamais je t'autorisais à sortir à nouveau, ce dont je doute.

— Alors, comment puis-je faire le premier pas, papa ? Russell t'a laissé son adresse ?

— Pas du tout.

— Vraiment pas ? »

Papa secoue la tête mais il y a toujours ce sourire énervant sur son visage.

« Alors, comment est-ce que je peux le joindre ? Est-ce que je dois me lancer dans le même genre d'enquête dans le quartier de Pembridge Park ?

— Tu pourrais, répond papa. À moins qu'il ne l'ait notée dans cette lettre. »

Il sort une enveloppe de sa poche et l'agite sous mon nez.

Je m'en empare et je l'ouvre. Mes yeux foncent en bas de la page. « *À très bientôt, J'ESPÈRE ! Russell.* » Avec un petit dessin.

J'ai le cœur battant.

« Ça va ? » s'enquiert papa.

Ah, Ah ! À son tour d'être curieux.

« Oui, il va très bien, je réponds en souriant

— Et toi aussi, je parie, c'est ça ?

— Ouais ! »

Je me dirige en dansant vers la cuisine pour me préparer une tasse de café et je lis la lettre de Russell en attendant que l'eau bouille. Puis je la relis en buvant mon café. Et encore et encore.

Chère Ellie,

Je suis tellement tellement tellement désolé ! Je suis tellement malheureux de n'avoir pas pu venir vendredi soir ! Et plutôt humilié aussi : mon père a complètement pété les plombs et a refusé de me laisser sortir parce que la veille il avait fait un sacré foin.

Son attitude est incroyable, et drôlement hypocrite en plus, étant donné tout ce que je dois me taper quand ils passent leur temps à se bécoter à la maison, sa copine et lui. Mais de toute façon, il va pas me garder enfermé pour l'éternité. Tu es d'accord pour qu'on se retrouve lundi après les cours... au McDo ? J'y serai le plus tôt possible... disons vers quatre heures moins vingt. Je t'attendrai et j'espère vraiment que tu viendras. Je serai celui qui aura l'air idiot et qui n'arrêtera pas de s'excuser.

À très bientôt, J'ESPÈRE !

Russell

Il a fait un petit dessin de lui, les cheveux tombants, l'air concentré, un crayon dans une main et son carnet dans l'autre. Il y a des toutes petites lettres sur le carnet, tellement minuscules que je suis obligée de plisser les yeux pour les déchiffrer. *R A E.* Râle ? Raté ? Non, Russell. *R* pour Russell, *E* pour Ellie ? *A* ? *A* ? *A* ? *A* ? *A* ? *A* ? *A* ? *A* ?

Russell Aime Ellie.

J'ai l'impression d'être sur des montagnes russes géantes, à descendre en piqué et à remonter sans fin.

« Tu n'offrirais pas un café à ton vieux papa ? demande mon père en entrant dans la cuisine.

— Bien sûr, je réponds en fourrant la lettre dans ma poche.

— Gentille lettre ?

— Hmmm.

— Il veut te revoir ?

— On dirait bien.

— Alors, qu'est-ce que tu vas faire ? Ton père te l'a expressément interdit.

— Quoi ? je m'écrie en dévisageant papa. Tu n'es pas sérieux ? »

Papa s'efforce de froncer les sourcils, mais il a les yeux qui pétillent.

« On dirait bien que si, répond-il. Écoute, Ellie, jeudi soir, je me suis affolé pour de bon. C'était la première fois que tu te retrouvais dehors alors que la nuit était tombée et j'ai trouvé cela insupportable.

— Je parie que tu sortais avec des filles quand tu avais mon âge.

— C'est peut-être la raison pour laquelle je me suis affolé. Je ne me souviens que trop bien de ce que j'avais dans la tête à l'âge de Russell. Aujourd'hui, ça me fait honte rien que d'y penser. Je ne considérais pas les filles comme des individus. J'étais coincé dans cette horrible école de garçons complètement vieux jeu, si bien que les filles, je n'avais aucune relation avec elles. Ce n'étaient que d'incroyables créatures exotiques. En leur compagnie, on se retrouvait muets comme des carpes et on se lançait dans d'ignobles compétitions pour savoir jusqu'où on allait pouvoir aller avec elles...

— Papa !

— Je sais, je sais. Et après, on s'en vantait auprès des copains, en exagérant évidemment et en racontant des trucs vraiment infects.

— Écoute, papa, ça remonte à l'époque où les garçons étaient du genre Néandertal. Russell n'est absolument pas comme ça, je réplique même si je sens mon visage s'empourprer au souvenir des baisers que nous avons échangés.

— Je sais, je sais, répète papa. Dès que je l'ai vu, j'ai compris que c'était un gentil gamin qui avait envie de devenir ami avec ma fille. Il m'a raconté que vous aviez eu une passionnante conversation sur l'art. Il m'a montré le portrait qu'il a fait de toi, au fait, et c'est bien. Il aurait besoin d'affiner un peu son style, mais pour un garçon de cet âge, il a un grand sens du trait. Je me suis senti un parfait crétin. Je croyais que c'était un cinglé obsédé du sexe qui passait son temps à te baver dessus alors que vous vous étiez lancés dans cette discussion sur l'art absolument platonique.

— Oui, c'était tout à fait ça, papa, je te l'ai dit, je réponds, les joues toujours rouges. Donc, puisque tu te rends compte qu'on a changé d'époque, tu es d'accord pour me laisser sortir avec Russell ? Pour que nous allions dessiner ensemble !

— Voilà le problème, Ellie. On a changé d'époque. Quand j'étais jeune, je sortais très tard le soir et ça ne surprenait personne. Même lorsqu'Anna était jeune, elle allait en boîte et dans des clubs alors qu'elle n'avait que treize ou quatorze ans. Mais à présent, il n'existe plus de petites boîtes inoffensives, il n'y a plus que des raves déchaînées. Et tu sais que je ne veux même pas que tu t'approches à nouveau de cette boîte, le Septième Ciel, depuis qu'ils se sont fait coincer pour trafic de drogue.

— D'accord, d'accord, je te promets que nous n'irons pas au Septième Ciel.

— Ellie, que tu sortes le soir, quand il fait noir, avec Russell, me déplaît. La ville attire tout un tas de loubards qui n'ont qu'une envie : traîner pour chercher la bagarre et s'attirer des ennuis. Je ne suis pas étonné que le père de Russell ait été vraiment inquiet en le voyant dehors aussi tard.

— Russell peut se débrouiller tout seul, papa. Il n'a rien d'une sale petite mauviette.

— Il pourrait être Mister Muscles en personne. Si jamais toute une bande lui tombe dessus, ça ne fera pas grande différence.

— Papa, tu deviens totalement paranoïaque.

— Peut-être. Je ne sais pas. Mais si tu retrouvais Russell après les cours et que vous rentriez chacun chez vous vers neuf heures ?

— Papa ! On n'a pas l'âge d'Eggs !

— Je sais, je sais. Mais je tiens à toi autant qu'à lui, et je ne veux pas revivre une soirée comme celle de jeudi. Écoute, tu es censée être encore punie. Je t'autorise à voir Russell, mais pour l'instant je maintiens ce couvre-feu de neuf heures. J'estime que c'est plus que raisonnable.

— Pas moi !

— À neuf heures, il fait nuit... vous ne pouvez donc plus dessiner, pas vrai ? » dit papa en souriant.

Je lui rends son sourire sans entrain. Je ne sais pas qui bluffe qui. Mais au moins, je peux voir Russell – même si c'est seulement en plein jour !

Je monte dans ma chambre relire sa lettre. Plusieurs fois. Puis je redescends appeler Nadine pour lui dire que tout va bien, que Russell a arpenté la ville pour me retrouver, tapant pratiquement à toutes les portes.

Nadine n'est pas aussi impressionnée que je l'espérais. Elle a mis l'album de Claudie à fond la caisse (manifestement, la famille est sortie) et elle chante au lieu de se concentrer sur ce que je lui raconte. J'ai une question très importante à lui poser.

« Nadine, tu trouves vraiment que Russell a l'air sournois ? »

On dirait bien que Nadine elle-même est en pleine crise de sournoiserie à l'autre bout du fil.

« Non, non, Ellie, pas du tout. Tu sais, je disais

ça seulement pour te consoler. Je ne pense pas non plus qu'il ait les yeux trop rapprochés. C'était seulement à cause de l'expression concentrée qu'il avait en te dessinant. »

Je n'insiste pas. Et j'appelle Magda. Elle a une grande nouvelle à m'annoncer : son père a réservé trois places pour aller écouter Claudie le mois prochain !

« Alors, ça te fait plaisir, Ellie ? Claudie va te remonter le moral. Il n'en vaut pas la peine, pas la peine, pas la peine, d'accord ?

— Peut-être que si, après tout, Magda. »

Je ne lui épargne aucun détail, je monte même encore l'histoire en épingle, Russell a pratiquement parcouru tout le pays à ma recherche.

J'attends les commentaires de Magda. Il y a un petit silence.

« Alors, ça montre bien qu'il ne m'a pas posé de lapin, je conclus.

— Désolée, Ellie, mais je ne comprends pas très bien. D'après toi, il t'a posé un lapin uniquement parce que son père l'a empêché de sortir ?

— Il ne m'a pas posé un lapin, il voulait venir.

— Mais papa ne l'y a pas autorisé. »

Ce *papa*-là ne me plaît pas. Je me tais.

« Si je comprends bien, je reprends, tu considères toujours Russell comme terriblement infantile, un vrai frimeur ? »

J'entends Magda déglutir.

« Non, non, il ne s'agit pas de Russell en particulier. C'est la plupart des garçons de seconde. Évidemment, ils sont mieux que ces minables de troisième, sans parler de ceux de quatrième, mais n'empêche, ils ne sont pas encore tout à fait... mûrs.

— Tu estimes donc que Russell est immature ?

— Oh, Ellie, arrête d'être aussi susceptible. Je trouve tous les garçons immatures, point barre. Mais ton Russell est génial... pour un garçon. »

Je l'approuve avec bonheur et je lui dis de remercier son père pour les billets. Maintenant, il va falloir que je travaille papa au corps pour lui faire cracher l'argent, mais je ferais peut-être mieux de remettre ça à demain, vu le temps qu'on a déjà consacré à la négociation aujourd'hui.

Je décide de me faire bien voir en lui préparant un autre café, même si c'est bientôt l'heure de dîner. Je me demande où sont passés Anna et Eggs. Il faut que je réussisse à voir Anna seule pour lui faire promettre de garder le silence sur le fait que je suis sortie vendredi soir retrouver Russell. Si papa apprend que je lui ai tranquillement désobéi, il risque bien de m'empêcher de revoir Russell. Et moi, il faut absolument que je le voie !

Je pense à lui qui a fait le tour de toutes ces maisons pour me retrouver. On dirait un conte de fées. Lui, c'est le beau prince lancé dans sa quête insensée : Frappe trois fois à la porte de chaque maison de cette rue et de la suivante et alors tu trouveras la princesse et tu pourras l'embrasser...

Dans ma chambre, je m'offre une petite séance de bonheur hébété et je ne refais surface qu'en entendant la porte d'entrée.

« C'est toi, Anna ? je crie.

— Non, ce n'est que moi, répond papa. J'étais allé au bout de la rue voir s'ils arrivaient. Je ne sais pas où ils sont.

— Qu'est-ce qu'ils sont partis faire ? Des courses ? je demande en me penchant au-dessus de la rampe.

— Ellie ! Comme si Anna allait faire des courses avec Eggs. Tu sais bien à quel point il est casse-pieds. Non, la mère de Nadine lui a téléphoné », explique papa en faisant la grimace.

Je me mets à rire. La mère de Nadine est une de ces femmes qui ont l'air de sauter du lit déjà toute maquillée, les cheveux laqués en forme de casque, armée d'un plumeau et d'une bombe antipoussière.

« Ne t'avise pas de rire ! À cause de jeudi soir où tu es rentrée si tard, elle me regarde toujours en tordant son nez pointu. Elle ne veut pas que tu aies une mauvaise influence sur Nadine.

— Oh non ! Elle n'a pas encore remis ça sur le tapis, quand même ?

— Bien sûr que si. Mais elle a également parlé à

Anna de cette séance de photos à laquelle elle a traîné la sœur de Nadine, cette petite pimbêche, cet après-midi, et elle se demandait si Anna voulait venir avec Eggs.

— Quoi ? Eggs !

— Je sais, je sais, moi-même j'ai du mal à imaginer notre petit bonhomme en train de caracoler devant un photographe, mais apparemment cette maison recherchait précisément des petits garçons qui ressemblent à des petits garçons – sales, pas soignés et agités. C'est pour cette marque de lessive où il y a une petite fille toute pimpante dans une robe élégante...

— Natacha !

— Et tous ces petits garçons viennent lui demander de jouer au foot avec eux et puis ils la bousculent et sa robe est pleine de boue.

— Ah, Eggs serait parfait dans ce rôle !

— C'est ce qu'a pensé Anna. L'idée n'avait pas l'air de lui déplaire, à lui non plus. Et en plus, c'est payé ! Voilà où ils sont allés. Sauf qu'ils sont partis depuis des heures.

— Dans son enthousiasme, Eggs a dû couvrir Natacha de boue. Ils ont été obligés de la rincer au jet, puis de la sécher et de la faire à nouveau toute belle pour chaque prise... ça risque de prendre un temps fou.

— Et pendant ce temps, on se retrouve avec

l'estomac dans les talons. Je ferais mieux d'aller fouiner dans la cuisine voir ce qu'on pourrait manger pour le dîner. »

Papa déclare cela sans le moindre enthousiasme. S'il comprend le concept de l'Homme nouveau, il a toute la paresse et le manque d'intérêt d'un très vieil homme.

« Je vais bricoler quelque chose, papa », je dis gaiement, bien décidée à rester dans ses petits papiers histoire de voir s'il ne pourrait pas rallonger ce risible couvre-feu de neuf heures.

Je bricole donc, je me démène, je m'agite et nous prenons place devant une omelette brûlée et des frites ramollies.

« C'est délicieux, déclare papa d'un ton résolu. Mais le problème, Ellie, c'est que je me fais vraiment du souci pour Anna et Eggs et que ça m'a coupé l'appétit. »

Ce n'est qu'une demi-excuse. Il a effectivement l'air tendu et nerveux.

« Il ne leur est rien arrivé, papa. Cette séance a dû seulement s'éterniser. Écoute, je vais rappeler Nadine pour lui demander combien de temps ça dure. »

Je téléphone à Nadine, mais cette fois c'est sa mère qui répond. Entendre ma voix ne semble pas l'enthousiasmer beaucoup.

« Ah, c'est toi, Ellie ! J'espère que tu as fait de ton

mieux pour montrer que tu regrettes ta conduite de jeudi soir. Tes malheureux parents étaient dans un sale état. Et moi, je n'étais pas très contente de voir que tu avais impliqué ma petite Nadine dans tes mensonges. »

Elle en rajoute dans la même veine pendant des plombes. J'écarte en soupirant le récepteur de mon oreille. Finalement, on a droit à une petite pause.

« Je suis désolée, je glisse rapidement, mais en fait, je voulais seulement vous demander...

— Non, je ne te passe pas Nadine, elle est en train de dîner. Ah vous, les filles ! Vous vous téléphonez toutes les deux minutes alors que vous vous voyez tous les jours. Quoi ? Non, Nadine... retourne à table ! Qu'est-ce qu'il y a, Natacha, mon trésor ?

— Est-ce que vous venez juste de rentrer de la séance photo, Natacha et vous ? je bafouille en hâte.

— Non ! Non, nous sommes revenus vers cinq heures. C'était une séance raisonnablement courte, mais je ne remercie pas ton petit frère qui était totalement déchaîné et qui s'est conduit de façon épouvantable. À tel point qu'à la fin, ils ne l'ont même pas utilisé.

— Alors, où sont Anna et Eggs maintenant ? je demande.

— Je n'en sais rien.

— Ils ne sont pas rentrés avec vous ?

— Non. Je leur ai proposé de les ramener en voiture mais Anna a lié conversation avec un type bizarre et ils sont partis avec lui.

— Anna est partie avec un type bizarre ? » je répète.

Papa se précipite sur le téléphone. Il me l'arrache et commence à bombarder de questions la mère de Nadine.

« Je vous le répète encore une fois, monsieur Allard, j'ignore qui est cet homme, je ne sais rien de lui. J'étais occupée avec Natacha. S'agissait-il d'un parent ? Peu probable, car apparemment, il n'était pas accompagné d'un enfant. Il n'appartenait pas à l'équipe des photographes, parce que maintenant je les connais tous. Il représentait peut-être la société de lessive, mais il n'avait pas ce genre-là. Il portait un blouson de cuir noir. L'air mal dégrossi, comme un motard. J'étais assez étonnée de voir votre femme partir avec lui.

— Alors, pourquoi n'avez-vous pas essayé de l'arrêter ? crie papa.

— Oh, voyons ! Je ne suis pas responsable de la conduite de votre femme. Pas plus que de celle de votre fille. J'apprécierais beaucoup si vous vouliez bien cesser de m'appeler et de vous comporter comme si c'était ma faute quand l'une ou l'autre disparaît. »

Elle nous raccroche au nez. Papa et moi, on échange un regard.

« N'aie pas l'air aussi inquiet, papa. Ne fais pas attention à elle, tu sais comme elle est.

— Mais elle n'est pas menteuse. Elle dit qu'elle a vu Anna partir avec cet inconnu. Et Eggs aussi. Bon sang, Ellie, qu'est-ce qui leur est arrivé ?

— La mère de Nadine s'est peut-être trompée », je dis.

Mais la mère de Nadine ressemble aux suricates, ces espèces de mangoustes, qui avec leur cou tendu et leur œil brillant, voient absolument tout. C'est pas le genre de femme à commettre des erreurs. D'autre part, Anna n'est pas non plus le genre de femme à disparaître avec un motard.

« Anna ne partirait jamais avec un inconnu louche, et surtout pas quand elle est avec Eggs.

— Je sais, dit papa, l'air malheureux. Ça ne fait qu'empirer la situation. Oh, Ellie, elle connaît peut-être ce type.

— Quoi ?

— C'est peut-être un de ses amis. Plus qu'un ami.

— Oh, papa !

— J'imagine que je ne suis pas un homme particulièrement facile à vivre. Et... il m'arrive de prendre plaisir à un petit flirt inoffensif avec une étudiante. Rien de sérieux, je le jure, mais Anna, ça finit peut-être par la perturber. Et puis, jeudi soir, tu m'as pratiquement accusé d'avoir une petite amie en cachette.

— Papa, j'essayais seulement de t'embêter.

— Je sais, et ça a été très efficace. Je n'ai pas de petite amie. Dans le passé, je n'ai peut-être pas toujours été irréprochable, mais j'espère avoir un peu grandi. Je sais que j'ai une femme absolument merveilleuse...

— Tu en as eu deux, je l'interromps d'une voix soudain brutale.

— Oui, pardon, Ellie. Personne ne pourra jamais remplacer ta mère. Nous le savons. Cela a été dur pour Anna. Je ne la cajole pas assez. J'oublie combien elle est jeune. Elle était tellement différente quand nous nous sommes rencontrés...

— Papa, arrête !

— Tu ne penses pas que ce gars en blouson de cuir est un de ses petits amis ? Quelqu'un qu'elle aurait connu à son cours d'italien ?

— Bien sûr que non », je réponds avec fermeté.

Papa est dans un tel état que j'en viens presque à me poser des questions. Une partie de moi sait parfaitement que tout cela est totalement fou et que ma gentille et douce belle-mère ne va pas prendre la fuite sur une Harley avec un amant secret – et certainement pas en emmenant Eggs – mais cela ressemble si peu à Anna de rentrer tard sans même téléphoner...

L'inconnu voulait peut-être simplement la ramener, et puis ils ont eu un accident. Grave.

L'espace d'une seconde, je pense à ce que serait la vie si Anna ne revenait plus jamais. C'est tellement étrange... Pendant des années, je ne l'aimais pas. J'avais le sentiment qu'elle prenait la place de maman et je voulais qu'elle parte, qu'on reste papa et moi, même si on n'était plus qu'une moitié de famille sans maman. Mais maintenant... Anna appartient à cette nouvelle famille. Elle peut être parfois peau de vache quand elle s'excite sur les devoirs ou l'état de ma chambre, mais la plupart du temps, j'ai l'impression d'avoir une grande sœur pas ordinaire.

Et mon vrai petit frère ? Bon Dieu, Eggs pourrait-il vraiment me manquer ???

« Oh, papa ! Je suis sûre qu'il ne leur est rien arrivé. »

Il me prend dans ses bras et me serre fort.

« Évidemment que non, ne fais pas attention aux bêtises que je dis. Je radote des idioties. Évidemment qu'ils vont bien. Il y a forcément une explication parfaitement banale. Ils vont arriver d'ici une minute, tu vas voir. »

Et brusquement, on entend la clé dans la serrure, Eggs crie et ils sont là ; l'attente est terminée.

« Salut ! Vous savez ce qui nous est arrivé ? » s'écrie joyeusement Anna tandis que papa attrape Eggs dans ses bras pour le serrer contre son cœur.

Je me sens à la fois soulagée qu'ils soient entiers,

ridicule de m'être inquiétée et fâchée qu'Anna m'ait mise dans un tel état.

« Où étiez-vous ? Vous auriez pu téléphoner ! » je crie d'une voix furieuse.

Anna me dévisage, puis elle éclate de rire.

« Qu'est-ce qu'il y a de si drôle ? je grogne.

— C'est le monde à l'envers ! s'exclame-t-elle. On dirait une vraie maman. »

Elle regarde papa, s'attendant à ce qu'il rie avec elle.

« Nous étions vraiment inquiets, Anna, dit papa en reposant Eggs par terre. Pourquoi n'as-tu pas téléphoné ? À quoi tu as joué ?

— Je suis désolée. Je n'ai pas pensé que vous seriez aussi inquiets, dit Anna en se dirigeant vers la cuisine. Vous avez dîné ? Oh là là ! Qui a brûlé la poêle ? Eggs, qu'est-ce que tu veux ? Des œufs brouillés ou à la coque ?

— Des œufs brouillard », répond Eggs en éclatant de rire comme s'il venait de faire la plaisanterie la plus drôle du monde, alors qu'on y a droit depuis deux ans chaque fois qu'il mange des œufs.

Il a l'air encore plus content de lui que d'habitude ; il bombe le torse en frappant dessus, façon gorille.

« Je vais être célèbre, Ellie, m'annonce-t-il.

— J'ai cru comprendre que tu avais été nul à la

séance photo, à refuser d'obéir et à embêter Natacha. Ils ne t'ont même pas utilisé, je le rabroue.

— Comment tu le sais ? demande Anna, étonnée.

— Parce que j'ai appelé la mère de Nadine.

— Oh là là ! Oui, elle était assez fâchée contre nous. Elle estimait que nous avions gâché le grand moment de Natacha. Je dois bien reconnaître qu'en voyant cette gamine minauder et se tortiller devant l'objectif, j'étais sacrément contente d'avoir un petit bonhomme espiègle comme Eggs, dit Anna en battant les œufs. Quelqu'un d'autre veut des œufs ? À part Humpty Dumpty[1] ici présent !

— Tricote-moi un pull Humpty Dumpty, maman !

— Ah oui, ça aurait de l'allure. On pourrait faire Humpty assis sur le mur sur le devant et en train de tomber et de se casser en mille morceaux sur le dos, dit Anna en embrassant Eggs sur le bout du nez.

— Et ce sera mon pull à moi, hein maman ? C'est tous mes pulls à moi et Ellie aura jamais jamais jamais le droit de les prendre...

— Comme si j'en avais envie ! je riposte d'un ton méprisant.

— Je sais que tu as toujours trouvé moches mes pulls rigolos, Ellie. Mais il se pourrait qu'ils

1. Humpty Dumpty est un personnage d'*Alice au Pays des Merveilles*, de Lewis Carroll. Il a une forme d'œuf. *(NdT)*

deviennent célèbres, dit Anna en remuant les œufs. Quoi ? ajoute-t-elle en voyant que papa ne l'a toujours pas quittée des yeux.

— Qu'est-ce que ça veut dire ce *quoi ?*, explose papa. Je ne peux pas y croire. Tu disparais avec notre fils pendant presque toute la journée. Tu rentres à la maison avec des heures et des heures de retard, cette horrible bonne femme t'a vue partir avec ce motard louche...

— Motard ? l'interrompt Anna, sidérée.

— Un homme avec un blouson de motard en cuir noir.

— Ah ! dit Anna en éclatant de rire.

— Ça n'a rien de drôle ! tempête papa. Bon sang de bonsoir, tu vas me dire ce que tu as fabriqué !

— D'accord, d'accord. Mais un motard ! rit encore Anna. C'était George, et en fait de blouson de motard, c'était une merveille de chez Armani qui n'a rien connu d'autre que l'intérieur de sa nouvelle Audi gris métallisé.

— Alors, nom de Dieu, qui est George ? dit papa, qui a maintenant l'air réellement inquiet.

— George est le rédacteur en chef d'un nouveau magazine famille. Pas le genre couvre-théière et programme télé, c'est superbranché tendance couture, d'accord ? »

On dirait presque qu'Anna parle une nouvelle langue. On dirait presque qu'elle est devenue une nouvelle personne. Elle a le visage qui brille, de grands yeux, les cheveux artistiquement décoiffés, toute son allure est différente, le menton levé, la poitrine bombée, pleine de confiance en elle. Comme si ce George était un bon parrain qui l'avait changée comme Cendrillon avant d'aller au bal.

Puis elle se souvient des œufs, elle les arrête et sert son dîner à Eggs.

« Alors, ce George ? je demande. Oh, Anna, il t'a proposé un poste dans son journal ?

— Oui ! Enfin, en restant indépendante, si bien que je n'ai aucun problème par rapport à Eggs, dit Anna en trempant une mouillette dans les œufs d'Eggs.

— Mais tu es complètement ignorante en matière de journalisme, remarque papa.

— Je sais. Il m'a proposé un travail de styliste, dit Anna en me regardant d'un air triomphant. Ce sont mes pulls, Ellie ! Il a vu Eggs et il m'a demandé où j'avais acheté ce pull. Je lui ai dit que je l'avais tricoté moi-même, alors il m'a posé des questions sur le motif et je lui ai expliqué que je commence par reproduire le dessin par un système de petites croix et que je tricote ensuite en me débrouillant à ma façon ; ça l'a beaucoup intéressé. Ensuite, après la séance (et mon Dieu, c'est une séance de fessées qu'Eggs aurait méritée, tant il était embêtant),

George m'a proposé de venir dans les locaux du journal discuter de tout cela.

— Et tu y es allée ? Un samedi ? Tout devait être fermé à clé ?

— Chéri, George est rédacteur en chef. Il peut aller dans son bureau à l'heure qui lui convient, répond Anna.

— N'empêche, tu as été un peu imprudente d'accepter si facilement. Il aurait très bien pu s'agir d'un gros baratin, dit papa.

— Ce n'est pas comme s'il m'avait invitée chez lui, riposte Anna en secouant la tête. C'étaient de magnifiques locaux tout modernes à Bloomsbury.

— Tu es allée jusqu'à Londres avec lui ?

— Oui, je suis monté dans sa voiture et il avait une Playstation à lui et il m'a permis de jouer avec et je suis arrivé au troisième niveau, explique Eggs la bouche remplie d'une mousse jaune.

— On ne parle pas la bouche pleine, Eggs. Tu veux un yaourt ? En tout cas, George et moi, nous avons longuement discuté...

— Pendant que nous étions ici à nous demander ce qui avait bien pu vous arriver. Pourquoi n'as-tu pas téléphoné ? proteste papa.

— Parce que j'ai pensé que ça n'aurait pas l'air particulièrement professionnel si je disais : "Excusez-moi, il faut que j'appelle mon mari pour qu'il cesse de s'inquiéter à mon sujet", rétorque Anna en croisant les bras, prête à affronter papa. Je suis navrée que vous vous soyez fait du souci, Ellie et toi, mais je sais que je me suis conduite de façon parfaitement raisonnable. Je ne vois pas pourquoi il faudrait que tu me passes un savon maintenant. Je pensais que tu serais content pour moi. C'est l'occasion que j'attendais. J'étais tellement jalouse quand Sara a lancé sa propre ligne de vêtements. J'avais le sentiment que toutes mes études ne servaient à rien. Tu ne sais pas l'effet que ça fait de n'avoir jamais travaillé.

— Je croyais que tu étais heureuse de t'occuper de moi, d'Ellie et d'Eggs, dit papa.

— Je suis heureuse, mais je ne vois pas pourquoi je ne pourrais pas exercer aussi un métier, surtout maintenant qu'Eggs va à l'école.

— Et George veut vraiment les pulls-Anna ? je demande.

— Il m'a demandé de lui dessiner quelques-uns des modèles que j'ai déjà réalisés. Évidemment, certains personnages sont sous licence, alors je n'ai pas le droit de les utiliser, mais je lui ai fait des croquis de nouveaux animaux, des cochons avec leurs petits habillés de chemises à rayures, une vache rigolote qui conduit un camion de laitier orange, une grand-mère mouton qui tricote un pull, un poulet qui peint un œuf genre Fabergé. Il veut tous ces motifs dessinés au propre avec les instructions pour les faire et les pulls tricotés, évidemment. Il dit que je peux m'adresser à une ou deux tricoteuses professionnelles si je n'ai pas le temps, puisque, évidemment, ce sont les motifs qui comptent. Ensuite, nous avons parlé de sweats dans des couleurs foot et d'une collection de pulls-météo : un léger jersey de coton soyeux avec un soleil, un pull-over épais double-fil avec un bonhomme de neige, un tricot à rayures arc-en-ciel avec le soleil d'un côté et des gouttes de pluie de l'autre. C'était étrange, une fois que j'étais lancée, je ne pouvais plus m'arrêter, toutes ces idées se bousculaient dans ma tête. Et tu me croiras jamais, il va me payer cinq cents livres par motif, tu te rends compte, et ça, c'est seulement pour commencer, il risque d'y avoir tout un tas de produits dérivés... »

C'est Anna qui paraît maintenant en pleine dérive, planant loin au-dessus de nos têtes. Papa la regarde bizarrement comme si elle risquait de s'envoler par la fenêtre et de disparaître là-haut, dans l'immensité bleue du ciel...

5

Heureuse !

Impossible de me concentrer en cours. Il y a un nom qui ne cesse de tournicoter dans le moindre petit recoin de mon cerveau. R-U-S-S-E-L-L. Je me demande s'il pense à moi, lui aussi.

J'y pense tout particulièrement pendant les deux dernières heures de cours où nous avons arts plastiques. Nous avons un jeune prof hyperbranché, M. Windsor. Je l'aime beaucoup et j'adore ce qu'il nous raconte sur l'histoire de l'art, les femmes peintres et l'évolution de la représentation de la femme. En temps normal, je suis suspendue à ses lèvres et j'essaye de l'impressionner, mais aujourd'hui sa voix me parvient comme on écoute une radio en bruit de fond. Même quand il nous montre des aquarelles de Blake ou des tableaux de Picasso représentant des créatures mythologiques, je n'arrive pas à me sentir captivée. Magda et Nadine apprécient beaucoup le tableau de Blake figurant Hécate sous forme de trois jeunes femmes serrées l'une contre l'autre. M. Windsor nous explique que c'est la déesse des Enfers, et puis il passe à d'autres divinités grecques et nous amuse avec les muses.

« Maintenant, je veux toutes que vous vous dessiniez sous les traits d'une créature mythologique. Soyez les plus créatives possible, explique M. Windsor en nous tendant des feuilles. Vous pouvez utiliser de l'encre noire et des aquarelles, pour faire des mini-Blake ou peindre comme Picasso. »

Magda et Nadine veulent scotcher nos feuilles pour qu'on dessine une Hécate collective.

« On pourrait la dessiner ensemble, dit Magda.

— Ellie ferait les corps parce qu'elle est la meilleure en dessin, et ensuite chacune fait sa propre tête, propose Nadine. Assieds-toi au milieu, Ellie, d'accord ? »

J'hésite. Je n'ai pas vraiment envie de me joindre à Nadine et Magda pour faire cette Hécate. Je me sens plus inspirée par le thème de la muse.

« Ellie ? m'appelle Magda.

— Ellie ? » répète Nadine.

Elles ont l'air perplexe.

Oh et puis tant pis ! Je n'ai nulle envie de leur faire de la peine.

« D'accord, d'accord, qui a du scotch alors ? » je demande.

Heureusement, M. Windsor n'est pas non plus un farouche partisan du travail collectif.

« Non ! Je sais que vous êtes inséparables toutes les trois, mais je préférerais que vous essayiez de vous débrouiller chacune de votre côté. »

Je fais mine d'être déçue comme Nadine et Magda et je me lance dans ma muse. Je me laisse tellement absorbée par ma tâche que je ne bavarde même pas avec mes copines. Je ne regarde même pas ce qu'elles font. M. Windsor vient voir où en sont nos peintures juste avant que la cloche sonne.

« Ça me plaît bien, Nadine », dit-il en riant.

Je lève les yeux pour regarder le travail de Nadine. Elle s'est représentée sous les traits d'une sirène, avec ses longs cheveux noirs masquant pudiquement son buste dénudé, sa queue vert jade tatouée avec humour de petits marins, d'ancres et de bateaux bleu foncé.

« Que pensez-vous de mon dessin ? » demande Magda avec impatience.

Elle le regarde en battant des cils. Elle flirte avec tous les hommes, qu'ils soient grands ou petits, vieux ou jeunes, moches ou beaux, mais elle a toujours considéré M. Windsor comme un modèle à part.

Il examine son travail puis il la regarde comme si, elle aussi, elle était un modèle à part. Je me dévisse le cou pour mieux le voir. Je sais que Nadine est presque aussi bonne que moi en dessin, mais Magda est assez médiocre. Son dessin n'a rien d'extraordinaire, je trouve, mais l'idée est bonne. Elle s'est dessinée sous la forme d'un phénix, la tête entourée de plumes ébouriffées à l'image de ses propres boucles rouge flamboyant et elle jaillit hors du feu en volant.

« Quelle belle idée, Magda ! dit M. Windsor. Je suis très impressionné. Vous deux, vous ne vous êtes pas contentées de copier comme la plupart des autres. Vous avez inventé quelque chose. Nous allons accrocher ces deux dessins au mur. Maintenant, Ellie, voyons voir ce que tu as fait. »

Debout derrière moi, il reste silencieux, plus longtemps que d'habitude.

« Comme c'est étrange, finit-il par dire.

— Étrange ? répète Magda en venant voir. Oh Ellie, c'est tellement bien ! Je voudrais savoir dessiner comme ça.

— Toi, tu te ressembles parfaitement... et l'artiste ressemble tout à fait à un certain garçon que nous connaissons toutes, remarque Nadine en me donnant un coup de coude.

— Vous n'aimez pas le dessin d'Ellie, M. Windsor ? demande Magda. Je regrette de ne pas être aussi douée.

— C'est... intéressant », réplique M. Windsor.

Il examine de près mon dessin qui me représente en train de poser, l'air emprunté, devant Russell qui me dessine. C'est très semblable au Picasso qu'il nous a montré, mais le modèle était nu et, évidemment, il n'est pas question que je me représente nue comme un ver. Si je me souviens bien, d'ailleurs, l'artiste était également nu, mais ne comptez pas sur moi pour dessiner Russell à poil. Brusquement, je me demande à quoi il ressemble sans vêtements et je me mets à rougir.

« Pourquoi t'es-tu représentée dans le rôle d'une muse, Ellie ? » demande M. Windsor.

C'est quoi cette question ? Il me trouve peut-être ridicule d'imaginer que je pourrais jamais être une muse ? Il trouve peut-être profondément triste qu'une fille ordinaire et grassouillette comme moi puisse jamais inspirer à quelqu'un une œuvre intéressante.

« Je sais que les muses sont censées être belles, je marmonne. C'était seulement... une licence artistique.

— Les muses peuvent bien avoir l'allure que l'on veut... mais c'est toi, l'artiste. C'est toi qui devrais tenir le pinceau au lieu d'être le modèle qui regarde droit devant lui, les mains vides. »

Je crois bien qu'il est en train de me faire un compliment. Brusquement, je redescends sur terre. Je retourne ma feuille de papier et, durant les dix minutes qui restent avant la fin du cours, je fais un rapide croquis de Magda, Nadine et moi en Hécate. Mes lunettes sur le nez, j'ai l'air sérieux, Magda penche la tête d'un air séducteur et Nadine contemple l'horizon lointain d'un air rêveur. Mon dessin fait rire Magda et Nadine et sourire M. Windsor.

« On va l'accrocher, celui-là, d'accord ? dit-il au moment où la cloche sonne. Rentrez chez vous, les filles ! Filez ! »

Pas besoin de me le dire deux fois. Je n'en peux plus d'attendre pour voir Russell. Nadine, elle aussi, est pressée de sortir, mais Magda traîne, observant M. Windsor qui range ses affaires et cherche ses clés de voiture.

« Oh cool ! J'aime bien votre porte-clés Teletubbies, M. Windsor ! s'exclame-t-elle. Tinky-Winky ! Oups, où est votre petit sac ?

— Tu es une insolente, Magda ! Tu as de la chance que je sois un prof aussi tolérant, réplique M. Windsor en essayant de la faire sortir de la salle.

— Vous ne ressemblez pas du tout à un prof. Pas comme M. Prescott, M. Daleford et M. Pargiter. Je ne les imagine pas du tout se balader avec un porte-clés Teletubbies.

— Ce n'est pas ce qu'il y a de plus distingué dans le genre ! répond M. Windsor.

— Alors, c'est votre émission de télé préférée, M. Windsor ? Celle que vous vous repassez encore et encore ? demande Magda.

— Je te le répète encore et encore : c'est l'heure de partir.

— Maintenant, vous parlez comme le petit Andy Pandy. Ma grand-mère regardait ça, insiste Magda. Et ma mère, elle adore les Clangers. Avez-vous des petits enfants qui aiment les Teletubbies alors, M. Windsor ?

— Des petits enfants ! Je ne suis même pas marié. Allez, filez d'ici, toutes autant que vous êtes. »

Magda finit par obéir. Elle sort pratiquement en sautillant de la salle de dessin et se précipite dans la cour.

« Vous avez entendu, vous deux ! Il n'est pas marié !

— Magda ! T'es pas folle ?

— Magda, tu vas pas courir après M. Windsor !

— Pourquoi pas ? Quel âge vous croyez qu'il a ? Vingt ans et quelques. C'est pas vraiment vieux, hein ?

— Tu es folle !

— En tout cas, moi, il faut que je cavale. J'ai rendez-vous avec Russell au McDo et il n'est pas question que je sois en retard sinon c'est lui qui croira que je lui pose un lapin.

— Oh là là ! Je commence à me sentir légèrement dépassée, dit Nadine. D'abord, c'est toi qui souffles le chaud et le froid avec ton Russell, et maintenant, voilà Magda qui se met brusquement à dérailler grave avec M. Windsor. Il ne reste plus que moi à être saine d'esprit.

— T'es gonflée ! T'as oublié comment t'étais avec Liam ! » je m'écrie.

Nadine tressaille. Je me mords la lèvre, regrettant ce que je viens de dire.

« Pardon, Nadine, j'ajoute d'un air coupable en lui serrant la main.

— Ce con de Liam est de l'histoire ancienne », conclut fermement Magda.

Mais, là, devant le collège, se trouve justement Liam en personne.

Il est tourné vers nous, l'air superdécontracté dans ses fringues noires, avec ses mèches de cheveux qui lui tombent sur les yeux de façon très sexy et ses yeux sombres qui brillent.

Nadine est toujours pâle mais, là, elle devient tellement blanche que j'ai peur qu'elle tombe dans les pommes. Elle avance en vacillant, je l'attrape par un coude, Magda par l'autre.

« Allez, Nadine, ne t'inquiète pas, on te tient, je lui dis.

— Il est vraiment gonflé, ce con ! affirme Magda.

— Qu'est-ce qu'il fait ici ? chuchote Nadine.

— Il ne devrait pas avoir le droit de traîner autour du collège, je déclare d'un ton indigné. On devrait prévenir Mme Henderson.

— Ouais, tu sais que c'est une féministe féroce. Avec sa batte de hockey, elle va lui filer un bon coup là où ça fait mal », réplique Magda en riant.

Nadine, elle, ne rit pas du tout.

« Tu crois qu'il est venu me parler ? demande-t-elle.

— Eh bien, toi, tu lui parles pas ! affirme Magda. T'inquiète pas, on te lâche pas et on passe droit devant lui !

— Ne regarde même pas dans sa direction. »

Mais Nadine a l'air de ne pas pouvoir détacher son regard de Liam.

« Tu ne veux pas le voir, c'est bien ça ? je demande.

— Bon sang, Nadine, pense à la manière dont il t'a traitée ! La manière dont il traite toutes les filles avec lesquelles il est sorti.

— Je sais, dit Nadine. D'accord. On passe devant lui, tout droit. Et vite ! »

Nous commençons à traverser la cour. On s'approche, on s'approche... Liam ne regarde que nous. Ses yeux bleus vrillent Nadine en direct.

« Ne fais pas attention, quoi qu'il dise, souffle Magda.

— Tu te souviens de Claudie ? Ne pense même pas à lui. *Il n'en vaut pas la peine, pas la peine, pas la peine* », je chantonne doucement.

Nadine prend une profonde inspiration et continue à avancer. Ses lèvres bougent mais elle ne prononce pas un mot. Je crois qu'elle est en train de se chanter la chanson de Claudie.

Nous sommes tout près de Liam et nous franchissons la porte en biais ; nous marchons toutes les trois du même pas, comme si on était soudées à la hauteur de la hanche, incarnation mobile de Hécate.

« Salut, Nadine ! » lance Liam.

Il nous ignore, Magda et moi, comme si on était les béquilles de Nadine. Nous faisons de notre mieux pour qu'elle se tienne droite.

Elle ne dit pas un mot. Elle ne jette même pas un regard dans sa direction. Nous passons devant lui et nous l'entraînons rapidement dans la rue.

« Il continue à nous regarder, dit Magda.

— Grouillons-nous ! »

Nous courons pratiquement jusqu'au coin. Magda, hors d'haleine, jette un coup d'œil en arrière.

« Ça va, il est toujours devant le collège. Le culot ! N'empêche, je comprends pourquoi il te plaisait,

Nadine. Il est canon. Regarde-moi ses fesses dans son jean !

— Magda, arrête de te rendre ridicule ! » je remarque sèchement.

Nadine ne dit toujours rien.

« Naddie ? Ça va ? »

Elle hoche à peine la tête.

« Tu n'en pinces plus pour lui, hein ?

— C'est de l'histoire ancienne, comme le chante Claudie, répond Nadine.

— Si c'est pas formidable que mon père ait les billets ! déclare Magda sautant sur l'occasion de changer de sujet. C'était presque complet. On y va le 29. C'est un vendredi soir. On va s'offrir une grande soirée entre filles.

— Ouais, ça va être génial, je suis impatiente, je dis.

— Claudie n'aurait pas perdu son temps avec un type qui voulait se servir d'elle, marmonne Nadine.

— Que non ! je renchéris. Pas question de perdre son temps... »

Le mot « temps » m'amène à regarder ma montre.

« Au secours, je reprends. Il faut pas que je sois en retard. Bon, je fonce au McDo retrouver Russell. d'accord ?

— T'inquiète pas, Ellie. Je vais raccompagner Nadine chez elle, dit Magda. On pourra faire nos devoirs ensemble, d'accord, Naddie ?

— Oh, non, y a des maths ! Je peux copier sur vous deux demain matin avant le cours ? je m'écrie.

— Tu peux toujours demander un coup de main à Russell, rétorque Magda. Étant donné que c'est le genre intellectuel... »

Je ne suis pas tout à fait sûre d'apprécier cette remarque. Ça me plaît que Russell soit intelligent. Le fait qu'il soit en plus doué pour le dessin, c'est un superbonus. Mais je voudrais que Magda le trouve canon comme Liam.

Et moi, est-ce que je trouve Russell canon ? Tout en courant vers le centre-ville, j'essaie de l'imaginer dans ma tête. C'est bizarre, j'ai pensé à lui sans arrêt pendant toute la journée et pourtant, au moment où je vais le retrouver, je suis incapable de me souvenir à quoi il ressemble. Au lieu de ça, je vois le portrait que j'en ai fait.

Puis j'aperçois mon reflet dans une vitrine et je commence à m'angoisser sur ma propre allure. Si seulement j'avais pensé à apporter d'autres vêtements au collège. J'ai l'air tellement bête dans mon vieil uniforme immonde. La jupe est trop petite et mes jambes trop grosses. Mes cheveux se dressent sur ma tête comme si j'étais Pierre-l'Ébouriffé et il y a une grande traînée de yaourt sur mon pull-over. Je pose mon cartable, je m'extrais de mon blazer et j'entreprends d'enlever mon pull. Ça déclenche un concert de sifflements perçants : une bande de crétins de sixième du collège Allen.

Sans me laisser démonter, je pousse un soupir méprisant, même si je me sens rougir.

« Eh, la meuf, ton chemisier est défait... on voit tous tes nibs ! » crie l'un d'eux.

Je continue à me débattre. Je sais que c'est une blague. Mais on n'est jamais sûre. Et si... ?

Je baisse les yeux. Mon chemisier est fermé. Ils se mettent tous à hurler de rire. Renonçant à rester digne, je leur adresse un geste très grossier, j'attrape mon bazar et je fonce. Je ne suis pas sûre que ce soit bien de me retrouver en chemisier, sans pull. Ça arrive que les boutons se défassent. Il est trop serré si bien qu'il me boudine la poitrine. Ça n'est pas du tout provocant, loin de là, on dirait plutôt que j'ai fourré deux gros paquets de sucre dans mon chemisier. Et si je commence à transpirer parce que je cours et parce que ces crétins d'Allen m'ont embêtée ? Si seulement j'avais emporté mon déo. Oh, bon sang, si on pouvait retourner en arrière et tout recommencer ! Mais il faut vraiment que je me grouille parce que le trajet dure plus longtemps que prévu.

Il va peut-être se décourager ou penser que papa ne m'a pas transmis sa lettre ? Peut-être que je regrette presque qu'il me l'ait transmise ? Qu'est-ce qui me prend ? Toute la journée, je n'ai pensé qu'à retrouver Russell et maintenant, j'ai la trouille ! J'ai les mains moites, mon chemisier me colle à la peau, j'ai la langue qui me pique et l'estomac serré. Je crève d'envie d'aller aux cabinets et, dans ma tête, ça fait *bip bip bip bip*. Impossible de réfléchir. Qu'est-ce que je vais dire en le voyant ?

Bonjour, Russell. Salut, toi. Ça me fait plaisir de te voir. Désolée, je suis en retard. Tu te souviens de moi ? Bonjour-bonjour. Coucou, qui c'est qu'est là ?

Bon Dieu, je deviens vraiment folle. J'entre dans le centre commercial Flowersfield, c'est juste au pied de l'escalator et je me retrouve devant le McDo, bang bang bang, j'ai le cœur qui bat parce que je le vois, qui regarde partout, qui cherche quelqu'un, qui me cherche.

Il me voit et il me fait signe – avec tellement d'enthousiasme qu'il envoie valdinguer son café. Je me précipite, j'attrape deux serviettes en papier et je commence à éponger.

« C'est tout moi ! s'écrie Russell. Je cherchais la manière la plus cool pour te dire bonjour, et puis je te vois et je m'inonde de café. C'est pas exactement ce qu'il y a de plus malin au monde.

— Sacrément chaud, comme bonjour ! » je dis en jetant une serviette trempée et en en prenant une autre.

Il a les cuisses trempées mais je vais quand même pas éponger son pantalon.

« Heureusement, c'est tiède parce que ça fait des siècles que je suis là, remarque Russell.

— Je suis désolée d'être en retard. Tu as cru que je n'allais pas venir ?

— J'étais pas sûr. Au début, ton père était vraiment en colère contre moi, mais il n'a pas l'air du genre à ne pas transmettre le courrier. En plus, je ne savais pas si t'aurais envie de venir. Tu dois penser que je suis un vrai minable, avec mon père qui m'empêche de sortir. Tu parles d'une humiliation ! »

Faisant mine d'être désespéré, Russell hausse les sourcils et essuie son carnet de croquis.

« Le café ne l'a pas abîmé ? je demande.

— Je ne crois pas. Ça a peut-être ajouté un peu de sépia par ci par-là. Il n'était pas ouvert. Je voulais pas avoir l'air prétentieux, encore en train de dessiner, même si c'est ce que je préfère faire. Enfin, ça vient en second.

— Alors, c'est quoi le préféré des préférés ?

— T'embrasser », répond Russell.

Nous rougissons violemment tous les deux.

« Je vais te chercher un café – et un autre pour moi, dit Russell. Tu veux manger quelque chose ? »

Finalement, nous partageons des frites, piochant dans le paquet tour à tour.

« J'en reviens pas que tu aies pratiquement passé

tout le quartier au peigne fin pour me retrouver, je dis.

— Je suis désolé, c'était l'opération de la dernière chance pour moi.

— J'ai trouvé ça sérieusement romantique.

— Oui, comme c'est sérieusement romantique de ne pas pouvoir te demander de sortir que parce que mon père est un vieux chieur, dit Russell. Enfin, il ne peut pas m'empêcher physiquement de faire ce que je veux. Après tout, je suis plus fort que lui. Mais il dit que si je veux vivre là, je dois accepter les règles. Je ne veux pas non plus retourner habiter chez ma mère, parce que, avec ma sœur, elles sont dans un trip filles, elles passent leur temps à casser du sucre sur le dos de papa et si je fais un truc complètement normal pour un mec, genre laisser le siège des cabinets relevé, elles commencent à me dire que je fais comme mon père, ce qui me rend dingue. C'est comme s'il n'y avait aucun endroit idéal pour être chez soi. Au début, quand les parents se sont séparés, j'alternais, je vivais chez l'un puis chez l'autre, une semaine chez maman, puis je faisais ma petite valise pour passer une semaine chez papa.

— J'ai lu un livre sur une fille dans la même situation, je dis avec intérêt. Ça a dû être très dur pour toi, Russell.

— Disons que j'exagère un peu pour que tu sois triste pour moi...

— Pourquoi pas, si tu me laisses raconter moi aussi mes petits problèmes familiaux ! »

Et je me plains un bon coup, même si je me sens un peu sans cœur étant donné qu'Anna s'est montrée vraiment gentille avec moi ces derniers temps, que papa s'est décidé à cesser de jouer les ogres et que même Eggs est mignon depuis quelques jours, à dessiner des tonnes de monstres, de singes, de camions, en affirmant que c'est pour aider Anna à mettre au point ses motifs de tricot.

« Je pense que ma famille n'est pas si terrible que ça, je finis par dire. Mais j'attends impatiemment d'avoir dix-huit ans. Nadine, Magda et moi, on veut partager un appartement. On ira peut-être toutes faire des études artistiques. Pas là où enseigne mon père. Eh, montre-moi ce que tu as dessiné. »

J'espère qu'il y a des dessins de moi. Oui, et même plusieurs ! Moi bras dessus bras dessous avec Magda et Nadine, moi en train de bavarder dans l'autobus, moi marchant main dans la main avec Russell dans le square. Il me voit nettement plus glamour qu'au naturel. Il m'a lissé les cheveux et il les dessine comme des boucles fluides, il m'a fait perdre du poids, il m'a grandie de quelques centimètres et il m'a offert une tenue couture. Il n'a pas hésité à s'arranger au passage, ajoutant du volume à ses épaules et à ses muscles, jusqu'à ressembler à un athlète olympique prêt à faire craquer les coutures de son uniforme. Il a donné un mouvement plus séduisant à sa chevelure et il s'est tellement fait la tête de Leonardo DiCaprio qu'il pourrait postuler pour un rôle de doublure dans ses films.

« J'aimerais bien. Et t'aimerais bien, je dis en riant.

— Quoi ? dit Russell, légèrement irrité.

— On ne ressemble pas à ça.

— Mais si. Toi en tout cas.

— Tu parles, Charles ! En tout cas, le square, c'est pas du tout comme ça. Tu l'as dessiné avec une tonnelle romantique surchargée de roses.

— D'accord, je me suis peut-être permis une certaine licence artistique par-ci par-là. Dis donc, et si on allait au square ? Je pourrais le dessiner tel qu'il est vraiment !

— Oui. Alors ce n'est pas : "Allons chez moi que je te montre mes estampes", c'est : "Sortons pour que tu vois mes dessins !"

— Tu peux dessiner, toi aussi. Viens, Ellie, on finit les frites et on se casse.

— Mais il faut que tu rentres chez toi et moi aussi. Regarde tous les ennuis qu'on a eus toi et moi la dernière fois.

— Il n'est même pas quatre heures et demie ! J'ai dit à mon père que j'allais au cours de dessin – je reste parfois tard, on a un prof génial. De toute façon, papa et Cynthia ne rentrent pas du travail avant six heures et demie, donc ni vu ni connu, d'accord ?

— Mon père termine ses cours vers cinq heures certains jours. Et Anna sera à la maison avec Eggs.

— Tu ne peux pas dire que tu suis des cours de dessin ?

— Si, sans doute. M. Windsor proposait d'en démarrer un l'autre jour. Lui aussi, il est génial. Ma copine Magda est en train d'en tomber raide dingue. Aujourd'hui, ils ont eu une conversation très dragouille, et ç'avait l'air de lui plaire beaucoup, à lui. »

J'ai un petit regret dans la voix. Moi aussi, j'en pince pour M. Windsor depuis qu'il est arrivé au collège. J'ai toujours pensé à lui comme à mon M. Windsor parce que c'est moi la folle de dessin. Mais il n'a jamais ri avec moi comme avec Magda.

« Magda séduit tout le monde, je dis.

— Pas moi, répond Russell.

— C'est vrai ? je demande avec trop d'empressement.

— Non, pas du tout. Je veux dire, elle est marrante, elle est jolie et tout ça, mais...

— Mais ?

— Euh, elle est un peu trop évidente. Tous ces ricanements-tortillements...

— Eh, Magda, c'est mon amie...

Je proteste – mais une partie de moi est contente.

— Je sais, je sais. Magda, Nadine et toi, c'est la Profane Trinité.

— Qu'est-ce que tu penses de Nadine ? Elle est pas ricanements-tortillements, elle.

— Non, mais elle a quelque chose d'étrange ; elle évolue dans son monde. Elle est bien, Magda aussi, mais c'est toi que je veux, Ellie. »

C'est un moment suprêmement magique, mais ses paroles m'évoquent irrésistiblement John Travolta. Russell sourit, sur la même longueur d'onde.

— *You're the one I want,* chante-t-il.

— *Ooooh, oooooh, ooooh !* » je réponds et nous éclatons de rire.

Durant tout le trajet en bus, nous avons une longue conversation sur les vieux films, à comparer ceux que nous préférons. Nous ne sommes pas toujours d'accord. Lui, il est intégralement fan de *La Guerre des étoiles* que je trouve superrasoir. Regarder mon bien-aimé *Les Quatre Filles du Dr March* lui a donné envie de gerber. J'ai la trouille de lui dire que mon film préféré de tous les préférés, c'est *La Leçon de piano.* La relation entre Flora et Ada est exactement conforme à ce dont je me souviens avec maman. Mais Russell dit qu'il l'adore aussi parce qu'il est tellement étrange – ces capotes à brides, ces crinolines et le piano sur la plage déserte sont des images obsédantes. Manifestement, Russell est un adepte de la théorie cinématographique. À coup sûr, il est fan de Tarantino. Il commence à entonner un air de Pulp Fiction et ça l'impressionne quand je me joins à lui. Puis on rembobine au début du film et on se joue la scène du braquage. On se laisse un peu emporter et le petit vieux à l'avant du bus sursaute comme si c'était un vrai braquage, tandis qu'une dame d'âge mûr avec une tête de poisson nous demande de surveiller notre langage.

Heureusement qu'on descend à la prochaine ! En arrivant au jardin, on rigole encore. On espère tous les deux qu'il ressemble à la tonnelle pleine de roses du carnet de Russell, mais c'est toujours le même vieux square pelé, dépourvu de tout romantisme au grand jour, avec des mômes qui hurlent, des mères qui crient, un vieux vagabond qui marmonne, des emballages de *Magnum* déchirés qui volent au vent et des crottes de chien sur la pelouse.

« Ça, c'est pas une image obsédante, je remarque.

— On va aller vers les arbres », propose Russell.

Mais il y a déjà un groupe de types, l'un d'eux a remonté sa capuche, plusieurs ont l'air louche. Manifestement, il y a de la drogue qui change de mains.

« Aller par là-bas n'est peut-être pas une très bonne idée, dit Russell. Alors, où ? »

Nous finissons par sortir du jardin pour aller nous promener près des lotissements. Quelqu'un a planté des choux. Leur odeur aigre emplit l'air. Nous échangeons un regard, en respirant le moins possible. C'est difficile de savoir comment commencer à s'embrasser en plein jour, d'autant qu'il y a quelques vieux et une fille en salopette en train de bêcher. Russell jette un regard circulaire puis il me serre contre lui. Ses yeux se fondent en un seul tandis que ses lèvres touchent les miennes. Il a la tête légèrement penchée, si bien que mes lunettes me rentrent désagréablement dans le nez, mais le baiser prend le dessus, mes yeux se brouillent, les choux se transforment en grandes roses rouges, les cris et les hurlements deviennent doux comme des chants d'oiseaux.

« On va encore perdre toute notion du temps, je dis quand nous reprenons enfin notre souffle.

— On s'en fiche, dit Russell en m'embrassant à nouveau.

— Je m'en fiche pas, je réponds enfin. Je veux pas que tu aies encore plein d'ennuis avec ton père.

— Moi non plus, je ne m'en fiche pas. Moi non plus je ne veux pas que tu aies des ennuis. Alors, on va s'en aller. Enfin dans une minute. Encore un baiser. »

Nous partons effectivement... après un certain nombre de baisers. Russell me raccompagne jusqu'à ma porte et nous convenons de nous retrouver le lendemain. Même heure. Même endroit. Même garçon même fille. Même histoire d'amour.

Je rentre en tourbillonnant, sûre qu'au premier coup d'œil, Anna va remarquer mes cheveux ébouriffés, mes yeux brillants, mon visage rouge, mes lèvres gonflées, et commencer à déblatérer. Mais Anna est occupée à ses propres créations, rampant à quatre pattes sur le tapis du salon pour raccorder des morceaux de pull-overs, tandis que la table de la cuisine est couverte de motifs potentiels. Eggs est assis en tailleur dans un coin ; il a un énorme caramel dans la bouche qui lui colle aux dents. Lui aussi est en pleine création, avec des aiguilles grosses comme des crayons et de la laine rouge triple épaisseur.

« 'gard' 'gard' Ellie, m'appelle-t-il en même temps qu'un filet de salive caramélisée lui dégouline sur le menton. Z'peux tricoter !

— Tant mieux pour toi, Eggs !

— Dommage que je ne puisse pas en dire autant, dit Anna. Bon sang, dans quoi je me suis engagée, Ellie ? Je dois être folle ! Tu serais un ange si tu voulais bien m'aider à trouver un ou deux motifs supplémentaires.

— Et un motif d'ange, justement ? Un ange devant, avec un petit halo de Lurex doré, des ailes dans une matière qui rappelle les plumes, et puis un petit diable dans le dos, avec des cornes et des sabots en Lurex argenté ?

— Oh, Ellie, c'est génial ! »

Je passe la soirée à aider Anna, telle la fille-parfaite-avec-des-idées-originales-ultrasurprenantes. Papa rentre à la maison, tapote ma chevelure indisciplinée et demande avec délicatesse si j'ai eu une brève entrevue avec Russell.

« Au McDo, oui.

— Ah ! L'amour au milieu des Big Macs ! commente papa. Bon, tant que tu es rentrée pour le dîner ! T'es une gentille fille. »

Ce nouveau rôle me convient à merveille. Peut-être que j'ai pigé la bonne manière pour passer du bon temps et être en même temps une Gentille Fille.

Magda et Nadine ont l'air décidé à jouer les Méchantes Filles. Au collège, le lendemain, elles écoutent le récit détaillé de Mon Rendez-Vous au McDonald avec Mon Petit Ami Russell, mais elles paraissent légèrement distraites. Je suis toute prête à frimer un petit coup sur le fait de rentrer vite chez moi parce que j'ai un nouveau rendez-vous, mais ça n'intéresse ni Magda ni Nadine. Elles ont d'autres projets.

Magda traîne derrière une fois que la cloche a sonné, en nous disant qu'elle a « des choses à faire » et propose que nous rentrions chez nous sans elle. Nous la dévisageons d'un œil inquisiteur.

« Quelles choses ?

— Qu'est-ce que tu manigances, Magda ?

— D'accord, d'accord, répond-elle l'air sournois, je vais juste traîner par ici jusqu'à ce que M. Windsor apparaisse.

— Oh, Magda, tu es folle !

— C'est un prof.

— Je ne suis pas folle. Je crois sérieusement que ça pourrait marcher. Et c'est génial que ce soit un prof. Qui a envie de perdre son temps avec des lycéens ? Désolée, Ellie, ajoute-t-elle en voyant ma mine. Je ne parlais pas de Russell et toi.

— Je sais, je sais. »

Je sais bien que si.

Nadine et moi, nous ne réussissons pas à la persuader de venir avec nous.

« Elle est cinglée, je dis d'un ton fâché. Elle va se rendre complètement ridicule. Comme si M. Windsor pouvait sérieusement envisager une petite aventure avec Magda ! D'abord, ça lui ferait perdre son boulot.

— Mmmm », dit Nadine.

Elle n'est pas vraiment concentrée sur la conversation. Nous sortons dans la cour. Elle sursaute. Je prends brusquement conscience de ce qui la préoccupe. Liam est de nouveau au portail.

« Oh ! oh ! Ne t'inquiète pas, Naddie. Je suis là. »

Elle n'écoute même pas. Elle a les joues rouges. Peut-être regrette-t-elle que je sois là !

« Nadine, ne le regarde pas. Viens.

— Qu'est-ce qu'il fiche ici ?

— Eh, c'est évident. Il traîne dans le coin pour essayer de t'amener à ressortir avec lui.

— Je l'aimais tellement, dit Nadine doucement. Il était tellement gentil, tellement romantique au début.

— Oui, mais regarde ce qu'il est pour de vrai. Nadine, t'es pas folle ? Arrête de le regarder ! »

Brusquement, elle a le souffle coupé

« Qu'est-ce qu'il y a ? »

Je lui prends le bras. Elle tremble.

« Il n'est pas ici pour moi. Regarde ! »

Je me retourne et je vois Liam faire un signe. Une fille blonde de cinquième traverse la cour en courant vers lui.

« Oh, bon sang ! C'est une vraie merde, ce type ! Viens, Nadine. »

Mais elle me repousse, sans quitter des yeux Liam et la petite de cinquième. Il est en train de l'embrasser. Il est dégoûtant. Il le fait exprès pour blesser Nadine. Et ça marche. Elle a l'air absolument ravagé.

« Je t'en prie, Nadine. On s'en va.

— Il faut que je le voie, déclare-t-elle.

— Quoi ? T'es cinglée !

— Lâche-moi, Ellie.

— Ne sois pas si bête. Viens donc avec moi. Je t'en prie. Je t'en supplie.

— Il ne peut pas sortir avec elle », dit Nadine.

Elle commence à se diriger vers eux.

« Nadine ! »

Je hurle, furieuse après elle.

Elle se retourne, hoche la tête et repart vers Liam. C'est insupportable. Pourquoi se conduit-elle aussi bêtement ?

Il faut que je reste avec elle. Il faudrait que je l'arrache à cette ordure et que je l'enferme jusqu'à ce qu'elle retrouve son bon sens. Mais elle n'est pas prête à m'écouter. Et moi, je suis déjà en retard. Il faut que j'aille en ville retrouver Russell.

Je fais une dernière tentative.

« Nadine, je t'en prie ! »

Autant souffler dans un violon. Cette fois, elle ne se retourne même pas. Alors, je me dis qu'il n'y a vraiment rien à faire. Je pars retrouver Russell... mais j'ai le cœur qui bat tout le temps et, dans ma tête, il y a cette séquence de film d'horreur où on voit Nadine et Liam abandonnant la pauvre petite cinquième pour partir ensemble tous les deux...

Pourquoi est-ce que je me sens aussi coupable ? C'est pas ma faute. J'arrête de penser à Nadine. Et à Magda. Je vais me concentrer uniquement sur Russell.

Il m'attend au McDonald.

Il a déjà acheté des frites et il en a disposé quelques-unes sur une serviette qui forment le mot : ELLIE. Il se penche vers moi et je me demande s'il va m'embrasser ici, en plein McDo, mais il y a d'autres élèves de son lycée près de la fontaine à eau et, rapidement, Russell esquive mes lèvres pour simplement hocher la tête. Je hoche la tête à mon tour. Russell manifeste sa reconnaissance par un nouveau hochement, comme si on était tous les deux en train de passer une audition pour jouer le rôle de Oui-Oui. Puis je me glisse sur la banquette à côté de lui, je picore des frites et je commence à lui raconter les histoires de Magda et Nadine, qui ont brusquement pété les plombs toutes les deux. Russell m'écoute un moment, puis il commence à s'agiter.

« Tant pis pour Magda et Nadine. Parle-moi de toi, Ellie. »

Alors, je lui raconte des trucs et il m'en raconte aussi et nous comparons les trucs les plus fous, comme nos vêtements préférés quand nous étions petits. J'avais un caleçon rose terriblement fille avec un petit haut rose à fleurs et je disais que c'était ma tenue de danseuse étoile ! Russell avait un jean qu'il adorait et qu'il a porté pendant des mois jusqu'à ce qu'il tombe en morceaux.

Ensuite, nous sommes passés à nos endroits préférés. Il aime les champs de foire et moi les plages, mais nous aimons tous les deux les glaces à l'italienne. Comme Anna m'a refilé encore de l'argent, je nous offre une glace McDonald avec de la sauce au chocolat. Puis nous partons dans le monde merveilleux des barres chocolatées, passion partagée. C'est un peu comme si nous étions des amis, pas seulement des petits amis. C'est vraiment bien.

Au bout d'un moment, Russell commence à devenir nerveux et montre que ce serait encore mieux si on pouvait s'offrir une nouvelle « séance d'amour dans les lotissements. » Comme je ne veux pas avoir l'air trop enthousiaste, je fais quelques objections... mais en fait, je suis très impatiente que nous nous retrouvions seuls tous les deux. Le jardin est bourré de gosses qui jouent au foot mais, cette fois, les lotissements sont déserts, à l'exception d'un épouvantail fait maison qui pointe sur nous son bras de bois. Nous n'y prenons pas garde. Nous ne prenons pas garde à grand-chose si ce n'est l'un à l'autre. Je ne pense même plus. Je ne fais que sentir.

Et puis, il faut que je me remette à penser, parce que ce que je ressens est tellement délicieux que je suis en train de perdre la raison.

« Non, Russell, arrête. »

Il arrête, tout en tentant de me persuader par tous les moyens de continuer. Je pense brusquement à

Nadine et à Liam et je me demande s'ils se sont souvent trouvés dans une situation analogue. Ce qui me rend un peu plus compréhensive, même si je suis sûre que Liam n'a fait qu'utiliser Nadine. Et puis je me demande si Russell ne serait pas en train de m'utiliser.

« Qu'est-ce qu'il y a, Ellie ? demande Russell en m'embrassant dans le cou.

— Rien. Euh... Je pensais à Nadine... »

Russell pousse un soupir.

« Tu penses toujours à Nadine. Ou à Magda.

— Non, c'est pas vrai. »

En fait, je suis partie justement sur Magda et je me demande si elle a suivi M. Windsor jusque chez lui et si elle lui a demandé de lui offrir un café. Ils sont peut-être enlacés de la même manière sur le canapé de M. Windsor. C'est une image tellement étrange que j'éclate de rire.

« Qu'est-ce qu'il y a de drôle ? demande Russell en tentant de me serrer encore davantage.

— Rien. C'est seulement Magda avec cette histoire...

— Magda ! s'exclame Russell. Tu vois, j'ai raison. Magda, Magda, Magda ! Nadine, Nadine, Nadine ! Toi et tes copines !

— Est-ce que ta précédente petite amie avait aussi des bonnes copines ?

— Mmmm, répond Russell d'un ton hésitant.

Pour être absolument sincère... Non, tu vas te moquer de moi...

— Sûrement pas !

— Tu es ma première petite amie.

— C'est vrai ?

— Oui. J'aurais pu sortir avec différentes filles – et puis il y a les boums de l'école, j'ai dansé avec des tonnes de filles là-bas. Hé, Ellie, il y a un grand bal qui se prépare pour le centenaire de l'école. Ils essayent d'en faire une fête comme les bals de juin à l'université. Tu sais, un repas, deux orchestres, peut-être des stands de fête foraine. Tu viendras ?

— Absolument ! Mais si tu es toujours consigné ?

— Oh, ce n'est pas avant la fin du mois. Papa se sera calmé d'ici là. Et on doit tous y aller, accompagné ou pas. Mais ce serait vraiment génial si tu voulais bien m'accompagner, Ellie.

— Il faudra que je mette une robe longue, décolletée avec une jupe gonflante ?

— Oh non ! Enfin, pour le décolleté, faut pas te gêner. Tu seras magnifique. Mais pas de jupe gonflante, plutôt quelque chose de... moulant ? »

Moi ??? Pas question que je me fourre dans une petite chose moulante, j'aurais l'air carrément obscène. Je passe mentalement ma garde-robe en revue et la panique m'envahit.

Il va falloir convaincre Anna de m'acheter quelque chose de neuf. Mais quoi ?

Je réfléchis abondamment, mais c'est plutôt difficile de se concentrer sous les baisers de Russell.

Une fois qu'il m'a raccompagnée chez moi, je suis censée m'installer devant mes devoirs, mais au lieu de ça, je crayonne une douzaine de tenues différentes, que je jette. Anna regarde par-dessus mon épaule.

« Ce sont des modèles fabuleux, Ellie, mais bien trop sophistiqués. Les pull-overs sont principalement destinés aux moins de dix ans. »

Anna vit, mange et respire pull-overs. On dirait que son cerveau a été transformé en fil torsadé trois épaisseurs. Elle est enveloppée dans son univers de laine et même quand elle s'adresse à Eggs, à papa ou à moi, on voit très bien le clic clic des aiguilles à tricoter danser dans ses yeux.

J'appelle Magda pour lui demander son avis en matière de tenues pour la fête de Russell, mais elle est sortie. Sa mère se met à s'inquiéter. Elle croyait qu'elle était chez moi.

J'appelle Nadine, mais elle aussi est sortie. Sa mère est très ennuyée. Elle croyait qu'elle était chez moi.

Au secours ! Bêtement, je viens de plonger mes deux copines dans de sérieux ennuis. Mais qu'est-ce qu'elles fabriquent donc dehors aussi tard ? Que s'est-il passé ? Magda est-elle en train de vivre des instants passionnés avec M. Windsor ? Et Nadine ? Oh, bon sang, j'aurais dû insister davantage pour qu'elle ne parte pas avec Liam. Quel genre d'amie je suis ?

Je me fais un sang d'encre. Le téléphone sonne au milieu de la soirée. Je me précipite pour répondre. C'est Russell.

« Russell ! » je m'écrie, surprise.

J'ai presque failli dire : « J'espérais que c'était Nadine ou Magda », mais cela n'aurait pas été une bonne idée.

« Papa et Cynthia sont sortis boire un verre, alors je suis tout seul à la maison, m'explique Russell. Je suis censé faire mon devoir de maths... »

Je n'ai pas encore fait le devoir de maths d'hier soir ! Il va encore falloir que je recopie sur Magda. Et puis, il y a le français, et hier soir je n'ai pas non plus fait...

« Mais j'ai plutôt eu envie de discuter avec toi.

— C'est gentil.

— J'aimerais bien qu'on soit encore dans le jardin tous les deux, Ellie. J'adore quand on est ensemble.

— Mmmm. Moi aussi.

— Tu n'en as pas l'air persuadée.

— C'est pas très pratique là, tout de suite. »

Le téléphone est dans le salon. Papa ne me quitte pas des yeux, l'oreille tendue, bien que Eggs ait tellement monté le son de la télévision que j'ai du mal à m'entendre moi-même. Même Anna a cessé de ramper en rond sur le tapis et la tête penchée, elle m'observe.

« Pas pratique ? répète Russell. Oh ! Tu veux dire que Magda et Nadine sont dans le coin ? »

Son ton me déplaît. Quand bien même Nadine et Magda seraient là ?

« Ni Nadine, ni Magda. Mais Anna, papa et Eggs sont dans le salon.

— Quoi, ils écoutent ce qu'on dit ?

— T'as tout compris.

— Tu peux pas aller sur un autre poste ?

— Nous n'en avons pas d'autre.

— D'accord. Je vais t'envoyer un e-mail. Tu peux réquisitionner l'ordinateur ?

— Russell, on ne fait pas partie du monde réel. Le vieux Macintosh de papa n'a pas d'e-mail.

— D'accord, d'accord. Je sais ! Je vais t'écrire une bonne vieille lettre d'amour. Qu'est-ce que t'en dis ?

— Ça me plaît bien.

— Et tu m'en écriras une aussi ?

— D'accord.

— Et on se les échangera demain ? Au McDo ?

— D'accord.

— À demain alors.

— Oui.

— Salut.

— Salut.

— Salut, Ellie, ça m'a fait plaisir de te parler.

— Moi de même.

— Ça t'a pas dérangé que je t'appelle ?

— Non. Pas du tout.

— À demain, alors ?

— Oui.

— Au revoir.

— Au revoir.

— Oh, je t'en prie, raccroche donc ce téléphone ! » lâche papa, mais il sourit.

Je raccroche le téléphone et je lui rends son sourire. Je sens ce grand sourire triomphant m'illuminer le visage.

« Il est drôlement accro, commente Anna.

— Mmmm, j'acquiesce avec satisfaction.

— Je n'approuve toujours pas cette histoire », dit papa, même s'il est évident que ça ne le dérange pas du tout.

Eggs est le seul rebelle.

« Ce nouveau petit ami me déplaît, déclare-t-il.

— Tu l'as jamais rencontré, idiot ! » je m'exclame en le saisissant pour le retourner la tête en bas.

Avant, j'arrivais à le secouer comme un prunier

mais maintenant, c'est pas gagné. Eggs est toujours maigrichon, seulement il a sacrément grandi. C'est étrange de penser qu'un jour, il sera plus grand que moi et qu'il y aura sans doute assez de muscles dans ces bras épais comme des allumettes pour m'attraper et me retourner la tête en bas.

En un éclair, j'entrevois ce qui doit se passer pour papa. Il a tellement l'habitude de me considérer comme sa petite Ellie potelée et rigolote. Ça doit lui faire drôlement bizarre que je me mette à sortir avec un garçon.

« Je veux pas le rencontrer ! gargouille Eggs en devenant rouge écarlate. Remets-moi à l'endroit, Ellie ! »

Il se débat en me donnant des coups de pied.

« Ellie ! Il va vomir dans une minute ! » prévient Anna.

Je le redresse sans attendre. Il est déjà arrivé qu'Eggs me gerbe dessus et ça n'a rien d'une expérience agréable.

« J'aime bien Dan, déclare Eggs qui nous rebat les oreilles de cet autre garçon que je connaissais.

— Russell est cent fois mieux que Dan, j'affirme.

— Tu l'aimes, alors ? demande Eggs en me regardant. Tu l'aimes ? Pourquoi tu deviens toute rouge ? Ellie ? »

Je bats précipitamment en retraite dans ma chambre. Le français et l'histoire peuvent aller se faire voir. Je suis un peu inquiète pour Nadine et Magda, mais cela ne m'empêche pas de rester allongée sur mon lit à rêver de Russell.

Si je l'aime ?

Je crois bien que oui.

Oui. Oui. Oui.

6

Tout va mal

J'arrive très tôt au collège. J'attends Magda. J'attends Nadine.

Elles n'arrivent pas de bonne heure. Elles sont même très en retard, après la cloche. Nadine est extrêmement pâle, avec des cernes sombres sous les yeux. Magda est rouge et agitée, elle ne tient pas en place. Et elle n'a pas fait son devoir de maths, du coup, on est toutes dans la panade.

Aucun moyen de discuter de la soirée de la veille sous l'œil vigilant de Mme Henderson, alors je décide de leur passer un petit mot à chacune.

Nadine, qu'est-ce qui s'est passé entre Liam et toi ??? Raconte-moi – en détail. Tu vas bien ? Tu n'es pas fâchée contre moi ? Bisous, Ellie.

Magda, qu'est-ce qui s'est passé entre M. Windsor et toi ??? Raconte-moi – en détail. Tu vas bien ? Tu n'es pas fâchée contre moi ? Bisous, Ellie.

Pendant cinq interminables minutes, j'ai l'impression qu'aucune des deux ne va même se donner la peine de répondre. Puis Nadine commence avec son écriture gothique et Magda ses petites pattes de mouche.

Ellie, je pourrais te tuer pour avoir téléphoné chez moi comme tu l'as fait. Je suis TRÈS FÂCHÉE contre toi. Je veux rien écrire du tout à propos de Liam. Hier soir, c'était tellement horrible et abominable. Je vous raconterai plus tard, à Magda et toi. Bisous, Nadine.

Ellie, j'ai vécu des moments épouvantables à inventer des excuses pour ma mère parce que t'as été assez andouille pour téléphoner chez moi. Et pourtant, j'étais pas d'humeur. Ne me parle pas de M. Windsor et moi. C'était atroce. Je vous raconterai tout dès que possible à Nad et toi. Bisous, Magda.

Je meurs d'impatience qu'on se retrouve près des toilettes pendant la récré pour avoir un peu d'intimité.

« Magda ! Que s'est-il passé hier soir ?

— Nadine ! Que s'est-il passé hier soir ?

— Magda, commence, toi, demande Nadine.

— Non, toi, rétorque Magda.

— Il fallait que j'aille parler à Liam, commence Nadine. Me regarde pas comme ça, Ellie, continue-t-elle en me voyant secouer la tête. Sincèrement ! Tu me prends pour une folle, c'est ça ?

— Oui ! C'est bien ce qu'elle est, non, Magda ?

— Je sais pas. C'est peut-être moi la folle, marmonne Magda.

— Je ne suis pas folle, proteste Nadine. Je n'aime plus Liam. Je le déteste. D'accord, quand je l'ai trouvé devant le collège, je n'ai pas pu m'empêcher d'avoir un petit pincement, surtout que je croyais que c'était moi qu'il attendait. Mais quand je l'ai vu avec cette fille de cinquième – elle s'appelle Vicky et elle est tellement triste – j'ai cru que j'allais exploser de rage.

— Comment ose-t-il te traiter ainsi, à faire exprès d'embrasser cette fille devant toi ! je dis.

— Comment ose-t-il la traiter ainsi ! Elle a à peine treize ans. Il est complètement malade. Quand je me suis jetée sur lui, ça l'a excité. Il m'a regardée dans le genre “tu vois, Nadine, ce que tu es en train de rater". Ça m'a donné envie de lui envoyer une bonne gifle sur sa tête d'abruti. Mais je me suis adressée d'abord à Vicky en lui disant que je voulais discuter avec elle en tête à tête. Elle a pensé que je voulais faire des embrouilles, que j'étais jalouse. Liam a essayé de me faire décamper. Mais je suis restée plantée devant eux, à raconter à Vicky tous ces trucs sur Liam qui ne sait que se servir des filles. J'ai déballé ces jolies choses secrètes et romantiques qu'il m'avait débitées – et évidemment, il lui avait sorti exactement le même baratin.

« Alors elle a commencé à se demander si vraiment je voulais faire des embrouilles, comme l'affirmait Liam. Je lui ai proposé d'aller faire une balade, histoire d'avoir une bonne petite conversation. Alors Liam s'est fâché tout rouge en disant que j'étais jalouse parce que j'avais laissé passer l'occasion avec lui. Il a dit qu'aujourd'hui il refuserait de me toucher même si j'étais la dernière fille au monde. Il a dit que me tenir entre ses bras, c'était comme tenir une colonne de marbre, tellement j'étais raide, froide, sans réaction. Il a dit qu'aucun garçon ne voudrait plus jamais m'embrasser tellement j'étais ennuyeuse.

— Il est gonflé, ce mec ! je m'exclame.

— Ne fais pas attention à ce naze, Nadine. Tu es belle et tous les garçons ont envie de sortir avec toi. Tu n'as pas pris ce qu'il disait au sérieux ?

— C'était horrible de l'entendre dire tout ça, répond Nadine d'une voix chevrotante. Mais pour Vicky, ç'a été efficace. Elle a commencé à le regarder d'un air horrifié, elle le voyait enfin tel qu'il est. Alors, on est parties toutes les deux. On a laissé Liam tout seul. Il a commencé à nous injurier. Vicky s'est mise à pleurer. Moi aussi, à vrai dire. On est allées chez elle. C'était bien, parce que sa mère travaille tard, alors on avait la maison pour nous, et on s'est offert une bonne discussion à cœur ouvert. J'ai appris qu'elle était décidée à faire tout ce qu'il voulait parce qu'il avait réussi à la convaincre que c'était la seule manière de prouver qu'elle l'aimait. Je sais, je sais, c'est tellement triste, mais j'étais pas loin de tomber dans ce vieux piège, moi aussi.

« En tout cas, je suis restée très tard chez Vicky, parce qu'il fallait vraiment s'occuper d'elle. Histoire d'éviter les complications, j'ai préféré dire à ma mère que j'étais chez toi, Ellie.

— Oh oh, c'est moi qui ai tout compliqué.

— C'est sûr ! Quand je suis enfin rentrée, maman était dans tous ses états. Elle est convaincue que je vois un garçon en secret. C'est fou. Tout le temps que je suis sortie avec Liam, elle n'a rien soupçonné, mais la seule fois où je suis vraiment chez une fille, elle pète les plombs et elle me met la pression. Pas question qu'elle me laisse ressortir de sitôt. Elle a même commencé à attaquer sur le concert de Claudie, mais je crois que je vais pouvoir y aller quand même, étant donné que c'est avec vous deux.

— Je suis impatiente d'être au 29 pour la voir, dit Magda. Les billets sont arrivés ce matin. La seule bonne nouvelle. Au moins, le courrier m'a fait sortir du lit. J'étais pas décidée à me lever aujourd'hui. Et sûrement pas à venir au collège. D'ailleurs, je voulais plus jamais y revenir.

— À cause de M. Windsor ?

— Mmm, répond Magda.

— Il n'a rien fait d'épouvantable ?

— Je peux pas y croire. J'ai toujours aimé M. Windsor.

— Il n'a rien fait du tout. Et je l'aime beaucoup. Il est formidable. Bon Dieu, je me suis rendue tellement ridicule, déclare Magda en se cachant la tête dans les mains.

— Qu'est-ce que tu as fait ?

— Raconte, Magda ! Allez. Moi, je l'ai fait, dit Nadine en se mouchant.

— Mags ! Il faut que tu nous racontes. On se dit tout », j'insiste en dégageant son visage.

Elle a les joues aussi rouges que ses cheveux.

« D'accord, d'accord, je vais tout vous dire. Hier, j'ai suivi M. Windsor jusque chez lui. Je suis restée après les cours et nous avons bavardé de choses et d'autres. J'ai baratiné sur l'importance des arts plastiques pour moi et à quel point ses cours comptaient. Il avait l'air vachement content d'entendre ça. Vous savez que c'est pas vrai. Toi, t'es branchée art, Ellie, mais moi c'est juste histoire de s'amuser. En tout cas, M. Windsor et moi, on s'entendait comme larrons en foire. Sa façon de me regarder avec ses grands yeux noirs, ça me faisait complètement fondre. Une vraie flaque ! J'avais vraiment pas envie que ça s'arrête quand il s'est barré en voiture. J'ai envisagé de lui demander de m'emmener, mais j'ai pensé que dans le collège, il risquait d'être mal à l'aise, parce que n'importe qui pouvait nous voir. Alors, je me suis dit : "D'accord, tranquille Émile, mais... si je me pointais chez lui ?"

— Waouh ! Magda, t'as vraiment pété les plombs !

— Tu peux le dire ! réplique-t-elle en hochant la tête.

— Tu n'es pas allée chez lui ?

— Si. Dans son appartement. C'est génial, exactement comme on pourrait l'imaginer, un grand espace dégagé, genre loft, dans un de ces entrepôts reconvertis près du fleuve. C'est pas juste ! Pourquoi tout ce qui le concerne est aussi fantastique ?

— Mais comment t'as su où il habite ?

— T'as pas couru derrière sa voiture !

— À votre avis, comment j'ai su où il habite ? En cherchant dans l'annuaire chez moi. Et j'en ai profité pour virer ce vieil uniforme minable et pour le remplacer par mon haut en dentelle noire...

— Celui à trous-trous !

— Bon, j'avais mon soutien-gorge – et mon pantalon noir, le brillant qui me moule les fesses, avec mes sandales rouges à talons pour lui montrer que je pouvais avoir l'air d'autre chose que d'une petite écolière barbante.

— Eh ben dis donc !

— J'ai raconté à maman que tu m'avais embringuée dans un rendez-vous à quatre, Ellie, avec ton Russell et un de ses copains. Je l'ai prévenue que je risquais de rentrer tard et puis j'ai pris le bus qui va vers le fleuve...

— Ta mère était d'accord pour que tu rentres tard ?

— Ta mère était d'accord pour que tu sortes toute pimpante et affriolante ?

— Maman s'excite pas trop sur ce genre de choses. Elle m'a toujours fait confiance... jusqu'à ce que tu téléphones, Ellie, et que tu gâches tout.

— Comment j'aurais pu savoir, hein ? Mais n'empêche, je suis désolée.

— Je sais. En tout cas, j'ai trouvé la rue de M. Windsor et il y avait un interphone à l'entrée de chez lui. J'ai traîné un petit moment en me demandant comment j'allais me présenter. Pour être tout à fait franche, j'ai bien failli me dégonfler. Si seulement je l'avais fait !

— Magda, je ne peux pas croire que tu aies eu autant de cran !

— Je devais être complètement ravagée. D'accord, donc je me suis annoncée dans l'interphone, genre "Salut, c'est Magda." Et j'ai attendu. M. Windsor a demandé "Magda qui ?", ce qui n'était pas très bon pour mon petit ego. Mais là, j'ai pensé qu'il faisait peut-être exprès de jouer les andouilles par mesure de prudence. Après tout, il n'y a pas tant de Magda que ça. J'ai dit que j'étais Magda du collège. Il a seulement fait un "Oh" étonné. Pourtant, on avait bavardé à peine une heure plus tôt. Comme je me demandais s'il allait se décider à me faire monter, je lui ai raconté un bobard à propos d'un type louche qui me suivait, alors il m'a ouvert.

« J'ai foncé dans l'escalier et je l'ai vu, devant sa porte, l'air inquiet. Il m'a posé des questions sur le type louche et je lui ai dit que c'était pas grave, que je m'étais peut-être fait des idées, et je lui ai demandé si je pouvais entrer attendre un petit moment pour être sûr qu'il serait parti.

« Il a encore hésité, comme s'il avait du mal à me reconnaître. J'imagine que c'est parce qu'il est tellement habitué à me voir dans mon vieil uniforme sinistre. Il m'a demandé ce que je voulais. J'ai répondu que je voulais lui parler. Il a dit que mieux valait lui parler au collège, mais j'ai insisté en disant qu'il fallait que ce soit maintenant, alors il m'a laissée entrer, mais il gardait ses distances d'un air nerveux, comme si j'avais un méchant rhume qu'il avait la trouille d'attraper.

« Son appart, il est vraiment à tomber. Supercool, plancher nu ciré, le top chic minimaliste, pas beaucoup de meubles. Dans un coin, une de ces sculptures métalliques toutes cabossées. Il n'y avait que les murs qui étaient chargés. Des tableaux. Les siens.

— Qu'est-ce qu'ils représentaient ? »

Je ne pouvais pas m'empêcher d'envier énormément Magda. J'aurais donné n'importe quoi pour voir l'appartement de M. Windsor, surtout ses tableaux.

— Je sais pas. Surtout des femmes.

— Quoi, des portraits ? En pied ? Des nus ?

— Ellie ! Comme si c'était important ! Continue à nous raconter ce qui est croustillant, Magda ! intervient Nadine.

— Pour moi, c'est important ! je proteste. Quel style, Magda ?

— Genre réaliste mais un peu barbouillage, répond Magda vaguement.

— Quel genre de couleurs ?

— Sombres, je crois. Je sais pas. J'ai fait semblant de regarder un de ces tableaux – une femme avec une robe bleue, d'accord, Ellie ? – et j'ai dit des trucs idiots sur le fait que c'était l'image du bonheur et que ça m'évoquait le bord de mer. C'était seulement parce que la bonne femme avait une robe bain de soleil et qu'elle paraissait bronzée, mais apparemment j'avais eu le mot juste puisqu'il l'avait peint en vacances. Il s'est mis à marmonner quelque chose sur la qualité de la lumière, bla bla bla, mais moi, je voulais savoir qui était cette femme, mais pas question de demander, ça aurait paru grossier. J'aurais bien dû le faire, ça m'aurait permis de me retirer sans avoir l'air d'une complète crétine.

— Qu'est-ce que t'as fait ? Le suspense me rend dingo, dit Nadine.

— Je me suis assise sur le canapé pendant que M. Windsor continuait à jacasser sur son vieux tableau et petit à petit, sa voix s'est ralentie et il m'a demandé ce que j'étais venue faire là. J'ai dit, mine de rien, que j'avais rendez-vous avec quelqu'un un peu plus tard, mais comme on m'avait dit qu'il vivait dans un de ces appartements au bord de l'eau, j'avais pensé passer. Comme ça.

« Il paraissait toujours assez déconcerté et il m'a demandé qui m'avait indiqué où il habitait, alors je me suis mise à rire sans répondre. Ensuite, il a voulu savoir avec qui j'avais rendez-vous et j'ai encore ri en ajoutant que je n'avais pas non plus l'intention de le lui dire. Là, il s'est lancé dans une petite digression, en m'interrogeant très sérieusement sur la personne avec laquelle je sortais. J'ai pensé qu'il était peut-être légèrement jaloux sur les bords, ce qui était génial, alors j'en ai un peu rajouté, et il est devenu encore plus sérieux en ayant l'air de croire que j'étais venu là pour discuter avec lui de ce mythique petit ami. Il a suggéré que j'étais peut-être plus engagée que je ne le souhaitais et même s'il était flatté que je l'aie choisi pour en discuter, peut-être valait-il mieux pour moi parler avec un autre professeur... comme Mme Henderson ! Bon Dieu, vous vous imaginez en train de discuter de vos affaires de cœur avec Mme Henderson ! Alors j'ai dit... j'ai dit... bon Dieu, j'ai dit...

— Mais qu'est-ce que tu as dit ?

— J'ai dit que c'était avec lui que je voulais discuter de ma vie amoureuse. Parce que c'était lui, ma vie amoureuse, marmonne Magda, rouge comme une écrevisse.

— T'as pas dit ça !

— Tu rigoles, non ?

— J'aimerais bien. Mais je l'ai vraiment dit. J'étais carrément folle comme un lapin, dit Magda. Je nous voyais juste jouer au chat et à la souris toute la soirée. Oh zut ! D'abord, les lapins et maintenant le chat et la souris. Un vrai bestiaire. Je suis complètement zinzin.

— Magda, calme-toi. Respire profondément. Et maintenant, dis-nous ce qu'a répondu M. Windsor !

— Pendant une minute entière, il est resté silencieux. Il se contentait de me regarder avec un air atrocement embêté et surpris. Et puis il a commencé à arpenter la pièce en disant toujours rien pendant que moi j'étais sur le canapé avec l'envie de m'enfoncer droit sous les coussins parce que je voyais bien que j'avais commis une énorme erreur. Après, il est parti dans sa cuisine et j'ai pensé que c'était le signal du départ pour moi mais au moment où j'allais foncer sur la porte, j'ai entendu le cliquetis des verres et le bruit d'une bouteille qu'on débouche et il est revenu avec un Coca pour moi et un verre de vin pour lui. Il m'a tendu mon verre et puis il s'est assis sur le canapé lui aussi, mais complètement à l'autre bout. Ensuite il a dit : “Oh, Magda !” en hochant la tête. J'ai pris une petite gorgée de Coca et je tremblais tellement que mes dents ont cogné contre le verre. J'ai réussi à bégayer : “Oh, M. Windsor !” et puis on est partis tous les deux dans un fou rire idiot. Alors M. Windsor a dit : “Oh, bon sang !” Il était tellement mignon que ça ne faisait qu'empirer la situation... il a fini par dire : “Je suis très flatté que tu t'intéresses à moi, Magda, d'autant que je sais pertinemment que tous les garçons sont à tes pieds.”

— Il a dit ça ? je lui demande, jalouse. Ces mots-là précisément ?

— Ouais. Et il a continué : "Tu n'as pas envie de gâcher tes beaux sentiments sur un vieux prof barbant comme moi." Alors j'ai réussi à trouver le courage de lui déclarer qu'il était le type le moins barbant que j'aie jamais rencontré de ma vie, et il a dit que j'étais vraiment très gentille de lui dire ça, mais que la semaine prochaine ou la suivante, j'en aurais déjà totalement marre de lui et que je considérerais tout ça comme un coup de cœur terminé. J'ai répondu que je ne le pensais pas... et ensuite je lui ai demandé de m'expliquer pourquoi lui, ça ne l'intéressait pas. Était-ce seulement à cause du collège ou parce que je lui déplaisais ? Et il m'a répondu que je lui plaisais tout à fait, mais sans doute différemment de ce que j'imaginais. Il m'a dit que j'étais bien trop jeune pour sortir avec un type d'une vingtaine d'années, et lui, il avait bien trop de conscience professionnelle pour avoir une liaison avec une de ses élèves, même en terminale, et puis il a ajouté : "Et en plus, ça ne ferait pas très plaisir à ma copine !"

— Il a une copine ?

— Ils vivent ensemble. À vrai dire, c'est son appartement à elle. Elle travaille dans la publicité et je pense qu'elle gagne un max de pognon. Il m'a montré sa photo. C'est pas juste, elle est magnifique, une Noire avec un visage comme Naomi Campbell et des cheveux longs incroyables. Elle s'appelle Miranda et chaque fois qu'il prononce son nom, son visage s'éclaire. C'est évident qu'il est fou d'elle. »

Magda soupire.

Nadine soupire.

Je soupire.

« Il m'a proposé de rester pour la voir. Il m'a même offert de dîner avec eux mais c'était au-dessus de mes forces. Alors j'ai raconté que j'avais vraiment un rendez-vous avec un garçon de Halmer et puis je me suis excusée de m'être conduite de façon aussi débile. Il a dit : "Ne t'inquiète pas, Magda. Nous oublierons tous les deux cet épisode." Mais moi, comment je peux l'oublier ? Comment j'oserais jamais le regarder en face ? À chaque cours de dessin, il faudra que je me planque dans les cabinets pendant toute l'heure. »

La cloche sonne et nous entrons dans le collège. Et voilà M. Windsor dans le couloir qui se dirige vers nous !

« Oh, non ! s'écrie Magda. Vite ! Cachez-moi ! »

Comme nous ne pouvons ni nous enrouler autour d'elle ni la tasser dans nos cartables, il n'existe manifestement aucun moyen de la cacher. Je passe mon bras sous le sien, Nadine en fait autant de l'autre côté et nous continuons à avancer. M. Windsor marche d'un pas nonchalant, comme le plus insouciant des hommes. En arrivant à notre hauteur, il nous adresse son sourire habituel, plein de gaieté.

« Bonjour, Ellie. Bonjour, Magda. Bonjour, Nadine, dit-il en s'éloignant tranquillement.

— Pfff ! dit Magda en soufflant avec tant de force que sa frange se soulève.

— La classe ! s'exclame Nadine. Il a fait comme s'il ne s'était jamais rien passé.

— C'est peut-être ça la vérité, répond Magda. La soirée d'hier n'a peut-être été qu'une hallucination. J'ai sans doute rêvé tout ça.

— Ma soirée à moi, c'était pas un rêve, déclare Nadine tristement.

— Mais tu t'es comportée de façon géniale. Tu as protégé Vicky, tu t'es opposée à Liam et tu lui as montré ce que tu penses de lui, je dis en l'embrassant.

— Tu ne me trouves pas glacée et casse-pieds ? demande Nadine.

— Évidemment que non !

— Et les garçons, ça va leur plaire de m'embrasser ?

— Nadine ! Attends un peu. Je suis sûre que tu vas rencontrer quelqu'un d'exceptionnel d'ici peu de temps. Je te le prédis !

— Ellie, prédis-moi aussi quelqu'un d'exceptionnel, demande Magda en soupirant.

— D'accord, de l'exceptionnel pour toutes les deux. Maintenant, haut les cœurs, d'accord ? On sourit ! »

Magda me montre les dents.

« C'est facile pour toi, Ellie. Tu as Russell, réplique Nadine.

— Oui, c'est vrai, j'ai Russell. Mais il ne compte pas autant pour moi que vous deux », je déclare... en pensant chacun de mes mots.

Mais en retrouvant Russell après les cours au McDo, j'oublie tout de Nadine et Magda. Russell m'a acheté un petit cadeau ! C'est dans une petite boîte noire. Un bijou ???

Je l'ouvre, le cœur battant.

« Ne t'inquiète pas, ce n'est pas un cadeau pour te faire une déclaration en bonne et due forme. Rien à voir avec une bague », m'explique hâtivement Russell.

Ce sont deux petites barrettes nacrées en forme de marguerite, très délicates et absolument ravissantes.

— J'espère qu'elles te plaisent, dit Russell. J'ai pensé qu'elles iraient bien avec tes beaux cheveux bouclés. Mais ne te sens pas obligée de les porter si tu n'en as pas envie.

— J'en ai positivement envie ! Elles sont magnifiques.

— Tu les aimes vraiment ? J'ai passé des heures

à examiner tous ces trucs pour les cheveux. La vendeuse n'arrêtait pas de me regarder comme si elle croyait que je cherchais quelque chose pour moi, histoire d'aller passer la soirée dans une boîte de travestis. Tu veux que je t'aide à les mettre ? J'adore tes cheveux, Ellie, on dirait des petits ressorts.

— Plutôt explosifs... mais je suis drôlement contente qu'ils te plaisent. Moi, j'ai toujours détesté ma tignasse, avec toutes ces frisettes. J'aurais voulu avoir des cheveux comme Nadine, lisses, brillants, magnifiques, mais évidemment, les miens ne seront jamais comme ça. Je pourrais essayer de les couper très court, comme Magda. Tu crois que ça m'irait bien ?

— Pourquoi vouloir ressembler à Magda ou à Nadine ? C'est à toi que tu ressembles, répond Russell d'un ton ferme en fixant les barrettes. Voilà ! Elles te vont vraiment bien, Ellie. Tu les porteras le soir de la fête du centenaire ?

— Je veux ! J'ai un petit haut soyeux, gris perle ; je pourrais le mettre. Il est assez moulant.

— Super ! J'ai eu le billet supplémentaire aujourd'hui. Papa a filé la thune. Il est beaucoup plus facile à manier en ce moment. Je lui ai parlé de toi. Enfin, j'ai raconté que mon prof de dessin est un ami du tien et qu'ils avaient comparé leurs notes sur le talent de leurs élèves préférés, etc., etc. J'ai pensé que ça passerait mieux si on disait qu'on s'était rencontrés là-bas. Papa n'apprécie pas du tout que je traîne au McDo. En tout cas, tout baigne pour la fête du 29.

— Le 29 », je répète.

Pourquoi cette date me paraît-elle aussi familière ?

Pourquoi, brusquement, je me sens angoissée ?

« Le 29, je répète. C'est pas un vendredi ?

— Si. Pourquoi ? »

Oh, bon Dieu ! Je sais pourquoi.

« Je suis censée aller à un concert de Claudie Coleman le 29 !

— Oh, Ellie ! Tu ne peux pas y aller un autre jour ?

— Je crois que c'est un concert unique.

— Claudie Coleman, la chanteuse avec les cheveux roux ? Oui, je l'aime bien moi aussi. Mais elle donne des concerts tout le temps. Tu ne peux pas y aller une autre fois ? Je t'en prie, Ellie.

— Euh, ben... Tu vois, le père de Magda a pris les billets exprès.

— Encore Magda.

— Eh ! Ne le prends pas comme ça, Russell s'il te plaît. Écoute, je ne peux vraiment pas changer d'avis maintenant et la laisser tomber.

— Je parie que Nadine y va aussi.

— Oui.

— Alors, Nadine et Magda peuvent y aller

ensemble. Ce n'est pas comme si elles se retrouvaient toutes seules.

— Oui, mais il était prévu qu'on s'offre cette petite sortie entre filles toutes les trois.

— Ah. Alors elles comptent davantage que moi et ma fête ?

— Non ! Évidemment que non ! »

Je commence à m'affoler. J'étais tellement heureuse il y a quelques secondes, j'adorais mes magnifiques barrettes nacrées et j'étais aux anges en pensant que Russell les avait achetées exprès pour moi. Maintenant, j'ai l'impression qu'elles me rentrent directement dans le crâne et m'empêchent de réfléchir.

Je prends la main de Russell, même si je suis parfaitement consciente de tous les mômes qui nous tournent autour dans le McDo.

— Russell. Tu es beaucoup plus important. Tu le sais très bien.

— Alors, viens à la fête avec moi, Ellie. Toute la journée, j'ai frimé partout sur le fait que tu m'accompagnais. J'aurais vraiment l'air d'un crétin si je suis obligé de dire que finalement, tu as préféré aller à un concert pourri avec deux copines.

— C'est pas un concert pourri. Ça fait une éternité que j'aime Claudie et je n'ai encore jamais eu l'occasion de l'entendre chanter pour de vrai. Et

Nadine et Magda ne sont pas n'importe quelles copines. Ce sont mes deux meilleures amies.

— Mais moi, je suis ton copain, non ?

— Euh, oui, évidemment.

— Et toi, tu es ma copine et j'ai besoin que tu m'accompagnes à cette fête. Je t'en prie, Ellie.

— D'accord ! D'accord ! Je viendrai. Je suis sûre que Nadine et Magda comprendront. »

Du coup, Russell me donne un baiser rapide, là, en plein McDo.

Nadine et Magda ne comprennent rien du tout quand je les appelle le soir même. Nadine m'écoute lui raconter Russell et sa fête.

« Ça te dérange pas trop, Nadine, hein ? Tu comprends, hein ? Tu ferais probablement la même chose, hein ? Nadine ? »

Nadine garde le silence, mais j'entends le bruit de son souffle à l'autre bout du fil.

« Nadine, parle-moi !

— Je ne veux plus te parler », déclare-t-elle avant de raccrocher.

J'appelle Magda. Magda réagit au quart de tour.

« Je ne peux pas croire que tu sois aussi ingrate ! C'est pour toi qu'on a décidé d'aller écouter Claudie, parce que Russell t'avait laissée tomber.

— Oui, mais en fait, il ne m'avait pas vraiment laissée tomber, il n'avait pas le droit de sortir.

— Ouais, ouais, papa l'empêchait de sortir...

excuse-moi, mais j'ai toujours trouvé que c'était une excuse minable. Mais ce n'est pas le problème, le problème, c'est que mon père nous a acheté ces trois billets...

— Je paie le mien, Mags !

— Pour mon père, c'était un cadeau. On devait s'offrir une supersoirée entre filles.

— Je sais, mais Nadine et toi, vous pouvez toujours y aller.

— On va pas se gêner.

— Et moi, je viendrai au prochain concert de Claudie.

— Sauf si Russell insiste pour te voir, histoire de t'offrir un Big Mac et une grosse portion de frites.

— Tu n'es pas juste, Magda. C'est une fête organisée spécialement pour le centenaire de son école. Il a raconté à tous ses amis que je l'accompagnerai.

— J'en doute pas. Je sais comment ces types de Halmer parlent des filles entre eux. Bon, si ça te plaît d'aller t'exhiber comme la dernière conquête de Russell, libre à toi, Ellie.

— Tu en ferais autant, Magda. Toi surtout. Tu es accro aux garçons, je riposte sans plus pouvoir m'arrêter. Je pense que c'est la moitié du problème. Tu en veux à Russell depuis le début, parce que c'est moi qu'il a draguée et pas toi. »

Oh, bon Dieu, qu'est-ce que je raconte ?

« Excuse-moi, Mags, je reprends. Je ne voulais pas dire cela du tout, je... »

Elle me raccroche au nez.

J'y crois pas. Mes deux copines ne me parlent plus.

Je renifle un bon coup et je monte l'escalier. J'ai la vue brouillée. Brusquement, je bute sur quelque chose de petit et de sautillant, et je pousse un hurlement en sentant un poignard me transpercer la cheville. Le truc crie aussi, à pleins poumons.

« Aïe ! Ellie, tu m'as fait mal ! Tu m'as foncé dessus ! T'as fait exprès et regarde ce qui s'est passé ! À cause de toi, j'ai perdu toutes mes mailles !

— Regarde ce que, toi, tu as fait. Tu m'as attaquée avec ton aiguille à tricoter. Je saigne ! Et en plus, tu as filé mon plus beau collant, espèce de débile !

— Eh là, qu'est-ce qui se passe ? » intervient Anna en se précipitant dans l'entrée, un écheveau de laine enroulé comiquement autour de ses chevilles.

Nous commençons à parler en même temps, Eggs braillant sur son écharpe qui se détricote à la vitesse de l'éclair et moi qui sautille sur une jambe en essuyant le sang qui coule.

« Calmez-vous tous les deux ! ordonne-t-elle. Eggs, arrête de crier ! Je te rattraperai tes mailles, c'est facile ! Mais pourquoi as-tu foncé droit sur lui, Ellie ? Il était assis dans l'escalier, sage comme une image. Je ne peux vraiment pas m'arrêter maintenant, je suis en train de réaliser ce motif sacrément compliqué et j'ai rendez-vous avec George demain. Mais tu pleures ? Allons, c'est qu'une égratignure !

— Tu t'en ficherais si je me retrouvais avec des aiguilles plantées du haut en bas des jambes ! Pourquoi tu prends toujours le parti d'Eggs ? C'est pas juste ! Pourquoi personne me comprend jamais ? » je crie.

Je grimpe l'escalier quatre à quatre et je m'enferme dans ma chambre en claquant la porte.

Je m'offre une bonne crise de larmes dans l'oreiller. Quand je parviens à l'étape où je m'étouffe, je m'étrangle et j'ai vraiment besoin de me moucher, Anna entre avec une boîte de Kleenex et un gant de toilette froid.

« Tu pourrais frapper au moins », je marmonne mais je la laisse m'essuyer.

Ensuite, elle s'assoit à côté de moi et m'entoure de son bras. Je commence par me raidir, et puis je me détends et je me laisse aller contre elle.

« D'accord, Ellie, raconte-moi, dit-elle doucement.

— Nadine et Magda ne me parlent plus ! je sanglote.

— Que s'est-il passé ? Allez, cesse de pleurer. Ne t'inquiète pas, ça va s'arranger. Vous êtes amies pour toujours.

— Non, c'est fini », je réplique.

Et je lui déballe tout.

« Ma pauvre petite Ellie. C'est le gros problème, dit Anna une fois que je lui ai tout raconté. Choisir entre son amoureux et ses copines, ce n'est jamais simple.

— C'est pas juste ! Pourquoi ne sont-ils pas tous amis ? je geins. Je pensais que Nadine et Magda comprendraient. C'est une fête très importante pour Russell. Ça va être supergénial. Et il m'a offert ces petites barrettes nacrées, regarde.

— Oui, elles sont très jolies. Et Russell a l'air d'un charmant garçon. Après tout, il t'a d'abord invitée à sa fête.

— Non. Pas du tout. J'avais prévu d'aller au concert avant.

— Alors, pourquoi ne lui as-tu pas parlé du concert quand il t'a invitée à la fête ?

— Je n'avais pas réalisé pour la date. Tu sais à quel point je suis dans le potage pour les trucs comme ça.

— C'est pas à moi qu'il faut le dire ! Alors, qu'est-ce que tu vas faire ?

— Je sais pas. Je ne m'étais pas rendu compte à quel point c'était atroce d'être fâchée avec Magda et Nadine. C'est pas juste, elles, elles font passer leurs petits amis en priorité. Nadine quand elle sortait avec cet affreux Liam et Magda quand elle était avec ce naze de Greg.

— Ah, dit Anna. Alors, quelle conclusion peux-tu en tirer à propos des copines et des petits amis ? Les petits amis sont rarement permanents, même si on est folle amoureuse d'eux sur le moment. Nadine, Magda et toi, vous vivez une amitié très particulière. Je pense que c'est pour cela que les garçons se sentent menacés.

— Alors, tu crois que je devrais laisser tomber Russell ?

— Je ne sais pas. C'est délicat. Il me semble que personne n'a tort ni raison. Où as-tu réellement envie d'aller, Ellie ? Au concert ou à la fête ?

— Aux deux ! je réponds. J'ai envie de garder Russell et de lui faire plaisir. Je sais que cette fête a beaucoup d'importance pour lui. Mais d'un autre côté, c'est vrai que Magda a proposé d'aller au concert de Claudie rien que pour me remonter le moral, et maintenant, c'est à elle qu'il faut remonter le moral et à Nadine aussi. Oh, Anna, je ne peux pas aller à cette fête avec Russell. Tu crois qu'il comprendra ?

— Non ! Mais il va bien falloir que tu essayes de lui expliquer, d'une manière ou d'une autre », répond Anna.

Elle surprend l'expression de mon visage.

« Pas de cette manière-là ! » s'exclame-t-elle.

Et nous éclatons de rire toutes les deux.

7

Jeux dangereux

C'est dur de se retrouver sur la touche. J'ai l'impression qu'on m'a tapé sur le museau, qu'on m'a piqué mon os et qu'on m'a envoyée à la niche. Magda et Nadine ne m'accueillent pas à bras ouverts quand je leur annonce que finalement je viendrai au concert de Claudie avec elle.

« Merci bien. C'est pas à nous que tu fais une fleur, dit Magda.

— C'était évident que tu préférais largement aller à cette fête avec ton Pinceau sur pattes », renchérit Nadine.

J'inspire profondément et j'encaisse. Je me dis que ce sont mes meilleures amies, que leur amour, leur soutien et leur compagnie sont de première importance pour moi, même si pour le moment, je n'ai qu'une envie : coller une baffe à Magda avec son air supérieur et tirer sur les longs cheveux de sorcière de Nadine. Mais je reste calme, et leur mauvaise humeur s'apaise. À la fin de la journée, la situation est redevenue pratiquement normale et nous commençons à discuter de ce que nous allons porter le jour du concert et comment nous allons nous y rendre, même si nous ne savons pas encore quel père réquisitionner pour nous voiturer là-bas. Quand nous nous quittons, je fais à chacune une petite bise, et elles me la rendent de bon cœur.

Le fait que nous soyons redevenues amies me change la vie. Mais maintenant, il va falloir parler à Russell.

Ça risque d'être encore pire.

Impossible de tourner autour du pot. Et c'est atroce, parce que dès que je le retrouve au McDo, il commence à jacasser comme une pie à propos de la fête ; comme c'est triste que la moitié de ses copains n'aient pas de fille pour les accompagner et comme il est content que je vienne.

« Ne sois pas si content, Russell, je dis tristement, l'estomac serré. À vrai dire, prépare-toi à être super-mécontent. Et fou de rage après moi.

— Qu'est-ce qui se passe, Ellie ? Oh non, tu ne peux plus venir, c'est ça ? Me dis pas que ton père a mis son grain de sel là-dedans. Il faut qu'il te laisse sortir. »

J'entrevois la lueur d'une issue possible.

« Je suis complètement désolée, Russell. Je donnerais n'importe quoi pour pouvoir t'accompagner. Mais tu as raison, c'est à cause de papa.

— Oh non ! Pourtant, après les dix premières minutes légèrement délicates, j'ai eu l'impression que je lui plaisais. Pourquoi refuse-t-il de te laisser sortir ?

— Je crois qu'il se souvient de ses propres fêtes d'école et des choses qui s'y passaient, je mens sans hésiter. Ces derniers temps, il est tellement sévère avec moi, Russell ! J'ai eu beau insister, il refuse de changer d'avis. »

Oh, papa, pardonne-moi. Je me sens une vraie peste, mais c'est la seule façon d'arranger les choses vis-à-vis de Russell.

« Et si j'allais discuter avec ton père ? propose Russell.

— Non ! Non, je crois que ça ne ferait qu'empirer la situation. Et il ne sait pas qu'on se voit si souvent. Non, je t'en prie, ne fais pas ça, Russell, je réponds, affolée. Là, il va vraiment me serrer la vis et m'ordonner de ne plus te voir. Je n'ai déjà plus du tout le droit de sortir le soir.

— Mais il était d'accord pour te laisser aller à ce concert, réplique Russell en plissant les yeux. Tu es sûre que tu n'es pas en train de me servir ça comme mégaexcuse pour te débarrasser de la fête et te tirer avec tes bien-aimées copines ?

— Non ! Russell ! Je suis pas une menteuse, je mens en prenant l'air blessé.

— Mais tu y vas toujours, à ce concert ? »

Pourquoi a-t-il fallu que je lui en parle ?

« Ben, peut-être, je réponds évasivement. Après tout, le père de Magda a déjà les billets. Ce serait bête de les laisser perdre. Et mon père est d'accord parce que... parce que c'est lui qui nous amènera et c'est lui qui nous ramènera ; comme ça, il nous aura à l'œil tout le temps.

— Et s'il nous emmenait tous les deux à la fête et venait nous rechercher ? Comme ça, il pourrait aussi nous avoir à l'œil, propose Russell.

— Je ne crois pas que ce soit la même chose.

— Non, ce n'est pas la même chose », dit Russell d'une voix qui ne me fait pas plaisir.

Il ne me propose pas d'aller au jardin. Il ne me propose aucune promenade. Nous restons au McDo pendant une interminable demi-heure puis Russell regarde sa montre avec ostentation.

« Oh là là, déjà cette heure-là ! Je ferais mieux de rentrer. J'ai une tonne de boulot à faire ce soir.

— Tu es fâché contre moi, c'est ça ? je marmonne.

— Non, pas du tout. Ça va. Je comprends, dit-il

d'un ton qui montre clairement qu'il ne comprend rien.

— Je me sens tellement garce de te laisser tomber.

— Bof ! répond-il en haussant les épaules. Je trouverai peut-être quelqu'un d'autre pour m'accompagner. »

J'ai l'impression d'avoir reçu une gifle. Je me lève, au bord de la nausée.

« Parfait. Eh bien, à bientôt.

— Oui, à bientôt », répond-il.

Nous savons tous les deux ce que cela signifie. Nous ne nous reverrons plus. Plus jamais.

J'essaye de me dire que s'il se montre aussi mesquin et désagréable rien que parce que je ne peux pas l'accompagner à sa fête, alors il ne vaut pas la peine que je me fasse du mouron.

« *Il n'en vaut pas la peine, il n'en vaut pas la peine.* »

C'est bien. J'irai au concert de Claudie avec mes deux meilleures amies et nous nous amuserons bien toutes les trois.

Mais à quoi bon ? Je regrette de lui avoir dit non. Il en vaut la peine. Il me plaît. Je l'aime.

Je rentre chez moi directement.

Le lendemain, je rentre aussi directement. Inutile d'aller au McDo. Nadine et Magda se montrent affectueuses et fraternelles. Ça ne m'aide pas vraiment.

Le lendemain après-midi, au cours de dessin, M. Windsor est toujours dans les mythes et légendes. Je dessine une triste Psyché idiote qui se traîne lamentablement parce qu'elle ne peut pas voir Cupidon. M. Windsor ne tarit pas d'éloges, mais pour une fois, ça ne me fait pas beaucoup d'effet. Il admire également la Circé de Nadine mais jette à peine un coup d'œil sur la Vénus de Magda, marmonnant « Très bien » en se dépêchant de filer. Magda fait de son mieux pour avoir l'air à l'aise mais elle a les joues aussi rouges que ses cheveux.

Elle sort de classe en courant, sans même nous attendre.

« Ne file pas, Ellie, me demande Nadine. Je préfère que tu sois là, au cas où... tu vois ce que je veux dire. Si Liam est là.

— Oh, Naddie ! » je réponds en lui tapotant le bras.

Mais ce n'est pas Liam qui nous attend au portail. C'est Russell... et il est en train de bavarder avec Magda.

Je me sens prise de vertige. Peut-être qu'il a toujours aimé Magda. Comme tout le monde. Peut-être qu'il lui demande de sortir avec lui. Peut-être que c'est avec elle qu'il veut aller danser !

Je saisis le bras de Nadine.

« Ça va, Ellie, dit-elle après avoir regardé du côté du mur où Liam attend généralement. Il n'est pas là.

— Mais Russell oui, je souffle. En train de discuter avec Magda. Tiens-moi fort, Nadine. Je veux passer devant eux comme si je les avais même pas vus. Nadine, arrête de mater ! »

Mais je ne peux pas m'empêcher d'en faire autant. Magda sourit à Russell. Elle le regarde droit dans les yeux et lui, il la dévore du regard, avec appétit, comme si elle était l'Esquimau le plus appétissant du frigo et qu'il mourait d'envie de la manger.

— Je ne peux pas y croire, je dis. Comment ose-t-il ?

— Comment ose-t-elle ? Il ne lui plaît même pas. Elle m'a dit qu'elle était étonnée que tu en sois raide dingue. Elle trouve que c'est un petit morveux débile, déclare Nadine.

— C'est pas un petit morveux débile ! » je m'exclame, furieuse.

Puis je le vois sourire à Magda et j'ai l'estomac qui se retourne.

« Enfin si, c'est vrai !

— Écoute, prends-moi le bras, Ellie. On va passer devant eux vite fait. Redresse la tête. N'adresse pas la parole à Russell... ni à Magda. Pas question de lui dire un mot. Et elle est censée être ta copine ! »

Nadine me fait traverser la cour alors que je me sens les jambes flageolantes. Je tremble de partout. J'essaye de me composer un visage impassible mais plus on s'approche, plus ça menace de s'écrouler dans tous les sens.

« Ellie ? »

C'est Russell... et il me sourit !

Il est gonflé ! J'avance, la tête haute.

« Ellie ! »

C'est Magda, qui sourit elle aussi.

J'ai les yeux qui me picotent. C'est déjà horrible que Russell me trahisse comme ça, mais c'est insupportable que ma meilleure copine me fasse un truc pareil, et de façon si ouverte en plus !

« Ellie, arrête. Attends ! Je voudrais te parler ! crie Russell en courant derrière moi.

— Eh bien, elle, elle refuse de te parler ! répond Nadine en le repoussant d'un coup de coude.

— Ellie ? Nadine ? Mais qu'est-ce qui vous prend ? intervient Magda en surgissant de l'autre côté.

— Qu'est-ce qui te prend, toi ? s'indigne Nadine. Comment as-tu osé, Magda ?

— Osé quoi ? Je fais de mon mieux pour jouer les Cupidon, j'aide ces deux abrutis à se remettre ensemble et toi, tu me regardes comme si j'avais fait quelque chose d'épouvantable ! »

Je m'arrête. Nadine s'arrête. Russell hésite, tandis que, toutes les trois, nous nous regardons.

« Qu'est-ce que tu trafiques, Magda ? demande Nadine.

— Russell m'a attrapée quand je sortais pour me demander si Ellie était encore en pétard après lui. Hier, il a traîné pendant des heures autour du McDo et elle n'est pas venue, alors il voulait savoir si elle était d'accord pour continuer ou s'il avait tout fichu en l'air. J'ai dit que, d'après moi, elle en pinçait toujours pour lui et qu'elle était plutôt triste et qu'elle serait plus que d'accord pour recommencer, et alors vous êtes passées toutes les deux, le nez en l'air sans même nous adresser la parole. Je comprends pas pourquoi. Si ça te chante, ne parle pas à Russell, Ellie, mais ne me mêle pas à ça.

— Oh, Mags ! dit Nadine. Tu ne devineras jamais ce que Ellie a imaginé !

— Toi aussi, tu l'as pensé ! » je rétorque – mais je suis tellement soulagée que j'en tremble.

Tu as pensé quoi ? s'enquiert Magda.

« Rien ! » je réponds vivement parce que Russell est dans les parages.

Je me tourne vers lui. Nous nous regardons. C'est moi l'Esquimau maintenant. Et je fonds.

« Allez, vous deux. Profitez de vos romantiques retrouvailles. Offrez-vous un bon petit bécotage au McDo, dit Magda.

— Le palot à la frite !

— Le câlin au Coca !

— La glace qui dégouline de mots d'amour !

— Que la chaleur de vos étreintes réchauffe le café tiédasse !

— Fermez-la toutes les deux ! » je dis... mais avec tendresse.

Ce sont de si gentilles amies... Tout comme Russell. Quand nous nous retrouvons enfin tous les deux seuls, il m'explique à quel point il est désolé d'avoir dit qu'il emmènerait quelqu'un d'autre à la fête.

« Je voulais seulement te faire de la peine, Ellie. C'était idiot. Tu ne m'as pas cru ?

— Bien sûr que non ! je réplique. Oh, Russell, je suis tellement navrée de te laisser tomber pour la fête.

— Bon, c'est pas comme si c'était une superfête branchée d'enfer. C'est juste une fête organisée par l'école. Si ça se trouve, ça va être mortel et spécial sinistre, alors ça vaut peut-être mieux que tu ne viennes pas.

— On pourrait peut-être aller à une autre fête ensemble ?

— Absolument. Ce serait super. À vrai dire, je ne sais pas très bien danser. Je fais qu'agiter mes bras et mes jambes dans tous les sens et j'ai l'air d'un vrai débile. Peut-être que si tu me voyais, tu me larguerais aussitôt. Au cas où tu serais toujours d'accord pour sortir avec moi, évidemment.

— C'est toi qui t'es tiré. La dernière fois, tu étais vraiment en colère après moi.

— C'est toi qui n'es pas venue au McDo. Je t'ai attendue pendant des heures.

— Tu n'avais pas proposé qu'on se retrouve. Je n'ai pas pensé que tu irais. Je croyais que tu ne voulais plus jamais me voir.

— Si, je le veux.

— Moi aussi, je veux te voir.

— Oh, Ellie ! »

Brusquement, Russell me prend dans ses bras, en plein milieu de la rue.

Je m'en fiche de qui nous regarde. Je le prends par le cou.

On entend une voiture klaxonner.

« Eleanor Allard ! »

Oh, mon Dieu ! Mme Henderson sort la tête par la vitre de sa voiture.

« Lâche ce garçon tout de suite ! » crie-t-elle avant de remonter sa vitre et de s'éloigner.

« Oh ! oh ! s'exclame Russell d'un air penaud. C'était qui ? Une amie de ta mère ?

— Ma prof principale, Mme Henderson, je réponds la voix rauque d'émotion.

— Ta prof ? Ben, elle est sympa !

— On peut dire ça. »

Le lendemain, Mme Henderson me fait un sermon d'une demi-heure sur le comportement convenable qu'il convient d'avoir quand on est dans la rue vêtue de l'uniforme de l'école. Heureusement qu'elle n'est pas tombée sur Russell et moi quelques instants plus tard dans les lotissements !

« Alors te revoilà comme cul et chemise avec le Pinceau sur pattes ? demande Nadine.

— Ne l'appelle pas comme ça, Naddie, il s'appelle Russell, je réponds en lui donnant un petit coup de coude, ainsi qu'à Magda. Au fait, il paraît que tu as traité Russell de petit morveux débile ?

— Moi ? dit Magda d'un air d'innocence outragée. Écoute, c'est moi qui ai joué les Cupidon pour que vous vous remettiez ensemble. »

Qu'est-ce que c'est agréable d'avoir retrouvé Russell ! Ainsi que Magda et Nadine, d'ailleurs.

*
* *

« *Je suis heu-reuse tellement heu-reuse* », je chante sous la douche le jour du concert de Claudie.

C'est cette bête petite chanson qu'elle a ajoutée à la fin de son album. Ça continue comme ça : *Je n'ai pas besoin de l'amour d'un homme, je n'ai pas besoin de l'amour d'un homme, qu'il soit gentil ou méchant, je n'ai besoin de l'amour d'aucun homme... parce que je suis heu-reuse tellement heu-reuse* ; etc., etc. Mais ce n'est pas ça que je chante. J'invente ma propre version : « *J'ai besoin de l'amour d'un homme, je n'ai pas besoin de l'amour de n'importe quel homme, non je veux l'amour de mon homme, Russell... parce que je suis heureuse tellement heu-reuse...* »

Le robinet de la douche est ouvert en grand et je pense donc que personne ne m'entend. Je me trompe.

« *Je suis cra-sseux, tellement cra-sseux,* braille papa de l'autre côté de la porte de la salle de bains. *J'ai besoin d'un bon décras-sage, décras-sage, un bon décras-sage serait sage mais ma fille est sous la douche et m'empêche d'entrer alors au lieu d'être sa-ge, je suis sa-le sa-le !*

— Papa ! je m'exclame sortant toute rougissante, enveloppée dans ma serviette de bain. Tu étais obligé de m'écouter ?

— Ellie ! réplique papa en repoussant doucement une boucle mouillée sur ma tête. Comment puis-je m'empêcher d'écouter quand tu chantes à pleins poumons, ô fille diva des baignoires ? Mais je suis bien content que tu sois contente. Alors, c'est quoi les projets pour le concert de ce soir ? C'est le père de Nadine ou celui de Magda qui vous emmène ? C'est trop bête d'avoir cette idiotie de réunion à la fac ce soir.

— Le père de Magda va nous emmener.

— Le pauvre ! le plaint papa, plein de reconnaissance. Je le remercie bien. »

En arrivant en cours, Magda m'apprend que son père ne pourra pas nous emmener ce soir parce qu'une voiture est venue percuter la sienne la veille et qu'il a dû la porter à réparer. Il ne la récupérera que dans deux jours.

Nous nous tournons vers Nadine, pleines d'espoir.

« Zut ! s'écrie-t-elle. Papa emmène toujours Natacha et maman à leur cours de danse débile le vendredi soir.

— Moi, mon père a une réunion et il a besoin de la voiture, ce qui fait qu'Anna ne peut pas nous conduire. Elle est coincée avec Eggs et, de toute façon, elle tricote neuf cent quatre-vingt-dix-neuf crétins de pulls tous les soirs. »

Nous réfléchissons.

« Je vais vous dire ce qu'on va faire, dit Magda. On va y aller toutes seules. Train et métro. Y a pas plus simple.

— Y a pas plus compliqué, rétorque Nadine. Ma mère ne me l'autorisera pas.

— Je ne crois pas qu'Anna acceptera non plus, je dis. Y aller, pas de problème. C'est pour rentrer tard le soir. Et toi Mags, ta mère fera pas de problème ?

— Bien sûr que si. Mais elle ne le saura pas. Elle croit que ton père nous emmène, Ellie. Nadine, tes parents aussi croient que c'est le père d'Ellie. Et toi, Ellie, t'as qu'à dire que c'est mon père qui nous emmène. Comme ça, ils se feront pas de souci et nous, on va pouvoir s'amuser un bon coup.

— Super, dit Nadine, qui a tout de même l'air inquiète.

— Parfait, j'affirme, alors que ça m'ennuie d'être encore obligée de servir une pleine assiette de mensonges.

— Donc, tout est arrangé, tranche Magda. On se retrouve à six heures, d'accord ? À la gare. Ne t'inquiète pas pour l'argent, Ellie, je pourrai t'en prêter. Ça va être génial. Une vraie sortie entre filles. »

Et c'est donc exactement ce que nous faisons. Nadine arrive la première à la gare, magnifique dans ses vêtements noirs, avec des nouvelles chaussures à talons immenses qui la font encore plus grande qu'elle n'est.

« Il va falloir que je trimballe une petite échelle pliante pour la sortir chaque fois que j'aurai envie de te parler, je me plains. À côté de toi, je me sens encore plus petite et boulotte.

— Ne sois pas idiote, Ellie. Tu es superbe. »

Je me suis donné du mal, c'est sûr ; j'ai essayé la

moitié de mes fringues avant de me décider pour mon pantalon noir et ce haut argenté. Je fais boulotte, je le sais. Si seulement j'étais longue, souple et mince comme Nadine. En tout cas, ça n'a pas l'air de gêner Russell. Il m'a téléphoné pendant que j'étais en train de m'habiller.

« Je t'appelle juste pour te souhaiter une bonne soirée au concert.

— Si jamais j'y arrive. Je ne sais pas comment m'habiller. Pour le moment, je n'ai enfilé qu'une moitié de pantalon.

— Au secours ! Ne m'en dis pas plus, ça me met dans tous mes états.

— Calme-toi, Russell, c'est pas un joli spectacle.

— Mais si, tu es un très joli spectacle. Je trouve que tu es magnifique dans ce pantalon, mais encore mieux quand tu n'en as qu'une moitié. De laquelle parlons-nous ?

— Oh, ferme-la ! Même si tu es très gentil. J'ai mis tes barrettes. Elles sont géniales. Russell, tu es un type formidable. »

On entend brusquement une imitation de vomissement totalement immonde. Eggs est arrivé discrètement par-derrière et c'est lui qui mime les haut-le-cœur.

« Ellie ? Ça va ? demande Russell, inquiet.

— Je vais très bien. Mais mon petit frère Eggs va

se retrouver décapité d'ici un millième de seconde, je réponds. Bon, amuse-toi bien à la fête, Russell. Je suis vraiment désolée de ne pas t'accompagner.

— Je sais exactement où tu vas m'accompagner pour te faire pardonner, répond-il en riant sous cape.

— J'irai partout avec toi, Russell », je réplique, provoquant chez Eggs un tel festival de pseudo-haut-le-cœur qu'il est au bord de vomir pour de bon.

Je ne lui arrache pas la tête. Je me sens tellement bien que je me contente de rire.

Je suis en pleine forme. Et tant pis si mes formes sont pleines !

« *Je suis si heu-reuse* », je me remets à chanter – et Nadine se joint à moi.

Dix minutes plus tard, nous ne nous sentons plus si heureuses que ça. Magda n'est toujours pas là... et c'est elle qui a les billets de concert.

« Pourquoi faut-il qu'elle soit toujours en retard ?

— Peut-être a-t-elle perdu du temps à bavarder en route avec un garçon ? suggère Nadine. Tu sais bien comment elle est.

— Et toi, Nadine ? je demande doucement. Cette fois, tu es définitivement guérie de Liam, prête à te lancer dans la course toi aussi ?

— Absolument », répond Nadine d'une voix décidée.

Mais quand un garçon brun avec un mauvais regard sort de la gare en tenant une fille par les épaules, Nadine rejette la tête en arrière et devient toute pâle.

Moi aussi, je regarde le type.

« Ce n'est pas Liam, je dis.

— Je sais. J'ai cru que c'était lui.

— Oh, Naddie ! Tu sais exactement ce qu'il vaut maintenant. Il faut que tu l'oublies. Tu ne vas pas tarder à rencontrer quelqu'un d'autre.

— Je crois que je ne rencontrerai jamais personne comme Liam, dit Nadine. Ce n'est pas que je le souhaite, d'ailleurs. »

J'espère qu'elle le pense vraiment. Elle paraît légèrement abattue, alors je change de sujet.

« Mais où est Magda ? Pourquoi nous fait-elle toujours le même coup ?

— Salut, vous deux ! »

Magda arrive en courant, vacillant sur ses hauts talons tout en faisant hardiment signe à deux garçons qui l'examinent de bas en haut.

« Désolée ! Je suis en retard ? demande-t-elle de façon exaspérante. Warren est passé emprunter une cravate à un de mes frères et vous savez que j'ai toujours eu un faible pour lui. Il était en classe avec mon frère, vous savez ? Hé, vous devriez voir sa coiffure, il a une nouvelle coupe supergéniale qui lui donne un look d'enfer et ce soir, quand il m'a vue toute fringuée pour partir au concert, il m'a regardée comme si on se rencontrait pour la première fois. Je n'étais plus la petite écolière débile. Et vous devinerez jamais où il allait ce soir ! Il a décroché une bourse pour entrer à Halmer et il va à leur fête. Et vous savez quoi ? Eh bien il a rompu avec sa copine il y a deux mois alors il était prêt à y aller tout seul mais quand on a commencé à bavarder, Warren et moi, il m'a demandé si ça me plairait pas d'aller à la fête ! Vous vous rendez compte ! J'étais drôlement tentée.

— Quoi ? je m'exclame.

— Mais j'ai pensé, reprend Magda en souriant, que ce ne serait pas très sympa. Je lui ai expliqué que je ne pouvais pas laisser tomber mes copines. Il était déçu mais il a dit qu'il comprenait. Et vous savez pas quoi ? Il m'a invitée à sortir demain soir. Un vrai rendez-vous, un dîner pour de bon, à la Terrazza, vous savez, ce resto italien. Superchic. Ça doit changer du hamburger au McDo, hein ?

— Veinarde, je réponds avec une certaine amertume.

— Oui, tu pourrais éviter d'insister sur le sujet, intervient Nadine. Tu n'as pas oublié les billets de concert ?

— Bien sûr que non. Souriez, les filles ! C'est notre sortie, non ? »

Dans le train, à force de faire du boucan en chantant les succès de Claudie, notre humeur s'améliore. Nous nous trompons de métro à Waterloo, ce qui nous oblige à revenir à l'endroit d'où nous venons et puis nous tombons sur des crétins d'hommes d'affaires entre deux âges et nous attrapons des vrais fous rires, et ensuite nous ne savons plus très bien où aller en sortant de la station de métro et nous errons un petit moment jusqu'à ce que Magda accoste un policier qui nous remet sur le bon chemin.

Le temps file et nous commençons à nous inquiéter à l'idée de rater le début du concert. Je voudrais bien qu'on coure mais Magda et Nadine sont perchées sur leurs talons hauts et nous n'avançons pas vite. Nous tournons dans la grande rue et nous voyons plein de gens avec des T-shirts de Claudie, ce qui est rassurant... jusqu'à ce qu'on s'aperçoive qu'ils ont tous l'air de s'éloigner de la salle de concert.

« Qu'est-ce qui se passe ? Où vous allez ? C'est pas le concert de Claudie par là-bas ? demande Magda à un groupe de filles.

— Elle a annulé, répond tristement l'une d'elles.

— Quoi ? Pourquoi ? Elle est malade ?

— Malade dans sa tête, oui ! s'exclame une autre, l'air fâché.

— De quoi vous parlez ? s'enquiert Nadine.

— Qu'est-ce qu'elle a, Claudie ?

— Elle avait un petit ami, vous savez ? C'était partout dans les journaux le mois dernier. Une espèce de gros naze joueur de foot, qui lui arrivait pas à la cheville, raconte une troisième en tirant de désespoir sur son T-shirt *Claudie*, si bien que la tête de la chanteuse s'allonge en une grimace comique.

— Et alors ? C'est pas un crime d'avoir un petit ami. Il s'agit de Frankie Dobson, c'est ça ? Moi, je le trouve assez sexy, dit Magda.

— D'accord, mais je suppose que maintenant tu vas le trouver aussi autoritaire. Il a dit à Claudie qu'elle devait cesser de chanter, assène la fille au T-shirt.

— "Cesser de chanter" ?

— Parce qu'il le lui a ordonné ?

— Mais pourquoi ?

— Il est allé à son concert à Manchester hier soir ; c'était un gros succès. Il y avait une copine à moi là-bas et elle m'a téléphoné pour tout me raconter. La salle était bourrée de fans et Claudie a chanté tous ses tubes, c'était vraiment émouvant. Le public était déchaîné. Cet imbécile de Frankie n'a pas pu le supporter. Il a considéré que toutes les chansons étaient une insulte à son égard parce que beaucoup parlent d'indépendance et de femmes qui n'ont pas besoin d'hommes, alors il a donné un ultimatum à Claudie. Si elle n'arrête pas sa tournée de concerts, si elle ne cesse pas de chanter ses succès, il la quittera.

— Mais pourquoi elle l'a pas envoyé se faire voir ? demande Magda.

— Bonne question ! Mais de façon étonnante, elle a déclaré qu'il comptait tellement pour elle qu'elle était prête à renoncer à sa carrière.

— Claudie n'aurait jamais dit ça ! je proteste. C'est une féministe acharnée. Ce serait totalement contradictoire avec tout ce qu'elle a toujours chanté.

— C'était exactement ce que je pensais, même si c'était à la une de tous les journaux ce matin. Alors, on est venues au concert en espérant que c'était rien qu'une rumeur idiote, ou même un coup publicitaire. Mais c'est vrai. Le concert est annulé. Elle a annulé toute la tournée, exactement comme il voulait. »

Je n'arrive toujours pas à y croire. Nous allons jusqu'à la salle vérifier par nous-mêmes. Il y a juste des petites affichettes collées sur toutes les affiches de Claudie : « Annulé pour cause de maladie. »

« Elle est peut-être vraiment malade », je dis – parce que Claudie est mon héroïne, parce que je connais toutes les paroles par cœur, parce que j'ai toujours pris à la lettre ce qu'elle disait et que j'ai l'impression d'avoir été délibérément trahie.

Mais lorsque Magda va au guichet pour essayer de se faire rembourser, le gars derrière la vitre confirme ce que les filles nous ont raconté.

« Pour vous faire rembourser, il faudra faire une demande par écrit. Claudie nous a plantés au dernier moment et nous n'avons pas suffisamment d'argent liquide pour en distribuer à tout le monde. Cette fille est cinglée, gâcher sa carrière pour ce Frankie ! C'est un coureur de jupons. Il va s'enticher d'une nouvelle blonde qu'il exhibera avant même que Claudie ait eu le temps de se retourner, et alors là, qu'est-ce qu'elle deviendra ?

— Mais comment peut-elle faire une chose pareille ? je dis, au bord des larmes.

— T'affole pas, Ellie. On trouvera quelqu'un d'autre comme idole des jeunes, dit Magda.

— Qu'est-ce qu'on fait maintenant ? demande Nadine. J'ai envie d'écouter de la musique. Il doit bien y avoir quelque chose d'autre quelque part ailleurs.

— Et si vous veniez nous écouter nous ? »

Nous nous retournons d'un bloc. Un groupe de garçons nous regarde, des mecs assez branchés, même s'il y en a un très gothique, avec de longs cheveux noirs et toute une panoplie de bijoux en argent. Nadine l'examine fixement, subjuguée.

« Alors, vous... vous êtes un groupe ? demande-t-elle.

— Évidemment. »

Ça ne me paraît pas si évident.

« Allez, Nadine ! » je dis – mais autant souffler dans un violon.

Magda sourit elle aussi, la tête penchée.

« Un groupe ? répète-t-elle. C'est quoi, votre nom ?

— Ah, nous en avons beaucoup changé ! Pour l'instant, on s'appelle Indy. Ce nom-là nous plaît, d'abord parce qu'on est indépendants et ensuite, parce que je m'appelle Dave, lui Yan et lui Ewan ; alors c'est presque nos initiales. Je suis guitariste, lui est bassiste, et Ewan est batteur. Il nous reste plus qu'à trouver un type qui s'appelle Neville ou Neil ou je ne sais quoi par *N* pour faire le chanteur soliste. »

Il regarde Nadine et ajoute :

« Ou une fille, évidemment. Qui s'appelle Nadine. »

Beurk ! Oser ce vieux piège éculé ! Mais Nadine a l'air de tomber droit dedans. Elle rejette en arrière ses cheveux et le dévisage à travers ses longs cils.

« Vous recherchez vraiment une chanteuse ? demande-t-elle.

— Absolument ! Pourquoi tu viendrais pas chez

moi pour qu'on s'offre une petite répète avec le groupe ?

— Je ne sais pas chanter ! » s'exclame Nadine.

Ça, c'est bien vrai. Je suis à côté d'elle pendant les cours de musique, alors je confirme.

« Moi, je sais chanter, intervient Magda.

— Alors, tu viens toi aussi, la rouquine, dit le blond, Ewan-le-batteur.

— Et toi, tu chantes comment, *babe* ? » s'enquiert Yan, le guitariste basse en me regardant.

Je ne supporte pas les types qui m'appellent *babe,* comme si j'étais le cochon dans ce gentil film pour les gosses. Yan lui-même ressemble légèrement à un cochon, avec sa petite brioche et son nez retroussé qui fait penser à un groin.

« Il faut qu'on rentre à la maison, je déclare d'une voix ferme. Viens, Nadine. Viens, Magda. »

Magda hausse les épaules et fait un signe aux garçons. Mais Nadine reste bouche bée devant Dave le Gothique.

« J'aime bien tes anneaux, déclare-t-elle en désignant les gros crânes d'argent.

— Tu veux essayer ? propose-t-il en lui en tendant un.

— Waouh ! C'est génial. Je donnerais n'importe quoi pour un bijou pareil, s'exclame Nadine.

— Chez moi, j'en ai plein, des croix et d'autres trucs. Viens les voir. Et on pourra tester ta voix. En tout cas, t'as bien le physique de l'emploi, ça c'est sûr, hein, les gars ? »

Nadine me regarde avec des yeux implorants.

« On y va, Ellie ? Juste pour un petit moment. »

Je secoue la tête, complètement éberluée.

« Venez. Notre camionnette est juste à l'angle.

— *Ma* camionnette, précise Ewan comme s'il espérait nous impressionner et en regardant Magda d'un air plein d'espoir. La piaule de Dave n'est qu'à dix minutes d'ici. Vous venez alors ? »

Magda a l'air de vouloir soudain reprendre ses esprits.

« Peut-être pas, les gars, déclare-t-elle en me prenant par le bras. Tu viens, Nad ? » ajoute-t-elle en lui faisant un signe de tête.

Nadine nous regarde. Elle regarde Dave. Elle se mordille la lèvre, elle hésite. Elle baisse la tête et ses longs cheveux lui cachent la figure.

« Nadine ! je crie.

— Tu fais ce que tes copines t'ordonnent, Nadine ? demande Dave en repoussant doucement ses cheveux afin de dégager son visage.

— Pas toujours, répond Nadine en s'empourprant. Je vais chez toi, Dave, ajoute-t-elle en nous regardant d'un air de défi, Magda et moi. Et je vous retrouve à la gare à onze heures, d'accord ? »

Nous la dévisageons comme si elle était devenue complètement cinglée. Elle est vraiment sérieuse ?

Elle veut vraiment partir avec ces trois inconnus dans une camionnette ???

« Nadine, je t'en prie... » Mais je sais à quel point elle peut se montrer obstinée.

Et les groupes de musique bizarres et marginaux, ça l'a toujours branchée. Elle doit avoir l'impression que son rêve devient réalité. Sauf qu'elle ne se rend pas compte que ça pourrait vite virer au cauchemar.

« On ne peut pas la laisser monter seule dans cette camionnette, me chuchote Magda. Elle est complètement folle. Il faut qu'on l'accompagne pour être sûre qu'elle fait pas de bêtises.

— Mags, c'est de la folie pure.

— Je suis d'accord ! Le plus sûr, c'est de refuser de se séparer. J'espère qu'on s'en sortira...

— Magda !

— En même temps, ça peut être la chance de notre vie. Imagine qu'ils fassent un tabac. Et que Nadine devienne leur soliste. Ou... ou moi. »

Je ne sais pas quoi faire. Elles sont devenues toutes les deux complètement maboules... Nadine s'éloigne déjà avec Dave-le-Crâne et Magda sourit de toutes ses dents à Ewan-le-Batteur, en lui demandant où il a garé sa camionnette. Ignorant Yan-le-Cochon, je leur emboîte le pas, désespérée.

La camionnette est un vieux tas de taule pourrie, complètement cabossée et d'une crasse immonde.

Magda a l'air un peu refroidie et même Nadine recule. Je l'attrape par le bras.

« Nadine, on ne peut pas monter dans cette camionnette avec eux. On n'a pas la moindre idée de qui sont ces gars, je souffle.

— On sait très bien qui c'est. C'est des types qui ont formé un groupe, répond Nadine.

— Ils ont probablement tout inventé. Et même si c'est vrai, ils te laisseront jamais chanter dedans, andouille.

— Je vois pas pourquoi, rétorque Nadine d'un ton vexé. De toute façon, je veux voir la camelote de Dave. Tu le trouves pas génial ? Il me rend folle.

— Mais tu ne lui as parlé que pendant deux minutes !

— Écoute, Ellie, c'est toi qui m'as dit que j'allais bientôt rencontrer quelqu'un d'exceptionnel. Tu me l'as prédit !

— Oui, mais je n'ai pas prédit que tu te laisserais embarquer par un total inconnu !

— T'en as fait autant. Avec Russell.

— C'est différent. C'est pas le même genre.

— Exactement. Lui, c'est un petit crétin de lycéen. Ces types sont fantastiques », répond Nadine.

Je ne sais plus par quel bout la prendre. Le peu de cervelle qu'elle possède paraît avoir rétréci aux dimensions d'un petit pois et ça tourne dans sa tête d'abrutie comme les crânes d'argent qui sourient sur les doigts bagués de Dave. Il prend Nadine par le bras.

« Viens donc, *babe* », dit-il en lui ouvrant tout grand la portière arrière de la camionnette.

Elle lui sourit... et grimpe à l'intérieur.

Magda secoue la tête en me regardant.

« Il faut qu'on y aille aussi », dit-elle.

Je le sais bien. Mais c'est fou. Nous sommes folles de monter là-dedans.

« Allez viens, la rouquine ! En route ! » s'exclame Ewan en repoussant les mèches blondes de ses cheveux.

Je suppose que, si on aime ce genre, il est plutôt beau gosse. À voir Magda, on dirait bien que c'est ce qu'elle pense.

« C'est peut-être le moment de commencer à vivre un peu dangereusement », dit-elle en montant elle aussi dans la camionnette.

Alors je les suis et je les rejoins à l'intérieur, en sachant pertinemment qu'on est en train de commettre une grosse, très grosse erreur.

8

Le salut dans la fuite

Dave n'habite pas à dix minutes de là. Ewan conduit pendant au moins une demi-heure. Je n'ai pas la moindre idée de l'endroit où nous sommes. Je ne peux pas croire ce qui nous arrive. Magda est à peu près bien installée parce qu'elle est devant avec Ewan et il est bien obligé de garder au moins une main sur le volant. Mais moi, je suis derrière avec Yan, Dave et Nadine.

Nadine et Dave s'emballent presque tout de suite. Nadine apporte bien la preuve qu'elle n'a rien d'une colonne de marbre. Je ne sais plus où regarder. En tout cas, sûrement pas en direction de Yan.

Manifestement, je ne l'intéresse pas beaucoup. Et

pourtant, quand je lui tombe dessus, au moment où Ewan prend un virage à la corde, il s'accroche à moi en essayant de m'attirer vers lui.

« Arrête ! je crie en tentant de me débattre.

— Qu'est-ce qui te prend ? Simple manifestation d'amitié.

— Pas besoin d'amitié ! Je suis déjà avec quelqu'un, je déclare d'un ton pincé.

— Et alors ? Moi aussi. Viens donc. Installons-nous confortablement, hein ?

— Non merci !

— D'accord. À ta guise. Tu n'es qu'une petite môme à la con. Pourquoi n'es-tu pas plutôt comme tes copines ? Au moins, elles rigolent un peu. »

Quel porc ! Je l'imagine en train de creuser la boue avec son groin, son gros bide rosâtre de cochon tout maculé partout.

Magda ne donne pas du tout l'impression de s'amuser. Elle rit d'un truc que dit Ewan mais, brusquement, elle semble furieuse et elle s'écarte de lui, comme si manifestement, il était allé trop loin.

Nadine, elle aussi, commence à avoir l'air inquiet. Elle n'arrête pas de se débattre pour se libérer.

« Mais, bon sang, où est-on ? demande-t-elle d'un ton désespéré. On roule depuis des heures !

— On est presque arrivés. Après le prochain virage », déclare Dave-le-Crâne.

Et puis le prochain, et encore le prochain, et

encore le prochain... Et finalement, Ewan ralentit et nous traversons lentement une cité miteuse avec des boutiques barrées de planches, des poubelles débordantes et quelques types dépenaillés accrochés à leurs canettes de bière comme des bébés à leurs biberons.

« On y est, déclare Dave.

— Ici ? s'exclame Nadine en regardant dehors, sidérée. Tu ne vas pas me dire que c'est ici que tu habites, Dave ? »

Pour la première fois de sa vie, on croirait presque entendre sa mère.

« Qu'est-ce qui te prend, poulette ? Ça te plaît pas, la vie un peu rebelle ? demande Dave. Allez viens, on sort. »

Magda et moi, nous nous regardons en essayant de savoir ce qu'on va bien pouvoir faire maintenant. Nadine est plus pâle que d'habitude, et son rouge à lèvres s'est étalé sur tout son menton.

« Au secours ! chuchote-t-elle. Ce n'était peut-être pas une si bonne idée que ça. »

C'est l'endroit le plus terrifiant que j'aie jamais vu. Les types qui boivent de la bière crient des saloperies en voyant Magda s'extraire de la camionnette. Elle leur répond le doigt levé mais ça ne fait que les encourager.

« Eh, cassez-vous, connards ! » dit vaguement Dave-le-Crâne.

Il tient Nadine fermement pour être sûr qu'elle ne prenne pas la tangente. Il se rend bien compte qu'elle est en train de changer d'avis. Et même de ne plus du tout être partante.

« Je savais pas qu'il était déjà si tard, tente Nadine. Je suis désolée, mais je crois vraiment qu'on doit rentrer maintenant.

— On vous ramènera. Plus tard. On va faire un peu de musique, d'accord ?

— À vrai dire, je suis totalement incapable de chanter, dit Nadine.

— C'est pas grave. Je suis sûr que tu sais danser. J'aimerais bien te regarder danser, Nadine.

— Ouais, ça m'étonne pas, intervient Magda. Écoutez, faut vraiment qu'on y aille. Tout de suite !

— T'excite pas, la rouquine, réplique Ewan. On vous ramènera. Tout à l'heure. Venez d'abord frimer un coup. On veut t'entendre chanter, toi aussi.

— Je ne suis plus du tout d'humeur à chanter, insiste Magda.

— Alors, on va commencer par boire un coup. Histoire de se décontracter. Ensuite, on s'offre une bonne petite fête, hein, Dave ?

— Tu l'as dit, bouffi.

— À l'aise, Blaise », confirme Yan-le-Cochon.

Nous les regardons. Ils nous regardent.

« D'accord, mais un verre pas plus, accepte Magda.

— Non ! je souffle. On se taille, je vous en prie ! »

Magda balaie du regard les garçons, les types en train de boire de la bière et les trottoirs glauques.

« Si on cherche à s'enfuir maintenant, murmure-t-elle, ils nous rattraperont et, là, ça risque de devenir vraiment chaud. Mieux vaut les accompagner et prendre le large dès qu'on en a l'occasion.

— Je suis désolée, gémit Nadine. Tout ça, c'est ma faute.

— Qu'est-ce que c'est que ces messes basses, les filles ? dit Dave. Allez, suivez-moi. »

Nous obéissons donc, puisqu'il n'y a aucune alternative. Ils nous entraînent au dernier étage dans un ascenseur qui pue et qui monte tellement vite que ça me donne mal au cœur. C'est un soulagement de retrouver l'air frais, mais la vue qu'on a du palier ouvert me donne le vertige. Je me cramponne à la balustrade et des petits débris de rouille viennent s'incruster dans mes paumes. En dessous, les immeubles n'ont pas l'air vrai. J'ai l'impression que je pourrais sauter de toit en toit, comme si c'étaient des dalles.

« Belle vue, non ? » dit Yan-le-Cochon en s'approchant derrière moi.

J'essaye de m'en débarrasser en me collant contre le béton froid. L'espace tourbillonne devant moi. Je regarde tout en bas le monde minuscule comme un jouet. Le cochon me renifle de plus en plus près. Le sang me bat dans les tempes. Mes genoux vont lâcher et mes jambes céder. Il pose ses mains moites sur mes épaules et il serre fort. Je pousse un petit cri.

« T'as la trouille ? T'inquiète pas, je te protège.

— Fiche-lui la paix ! crie Nadine l'air désespéré.

— C'était juste pour rigoler, explique Dave-le-Crâne. Allez, entrez. »

Nous espérions que ce serait mieux à l'intérieur, peut-être peint en noir comme la chambre de Nadine, avec de la déco gothique, des chandeliers d'argent et des affiches bizarres, mais ce n'est qu'un appart pourri, vide et sinistre, qui pue l'alcool et la cigarette.

« Hé, on n'a jamais dit que c'était Marie-Claire Déco ici », dit Dave en voyant nos mines.

Il prend une vieille guitare sèche, mais manifestement, il n'a rien d'un musicien confirmé.

« Tu chantes, Nadine ? » dit-il.

Elle secoue la tête avec nervosité.

« Et toi, la rouquine ? insiste Ewan en s'asseyant sur le canapé et en se frappant les genoux comme si c'était une vraie batterie.

— Je n'ai vraiment pas envie de chanter, répond-elle.

— D'accord... on va arranger ça, dit Dave en faisant un signe de tête à Yan. Va nous chercher à boire.

— Rien qu'un verre », dit Magda.

Elle regarde la porte en se demandant de façon visible si ce ne serait pas mieux de prendre la tangente vite fait, comme je l'ai proposé.

Dave-le-Crâne remarque lui aussi son intérêt pour la porte. Il cesse de gratouiller sa guitare et se dirige vers l'entrée. Il sort sa clé et ferme à double tour. Puis il remet la clé dans la poche de son jean en souriant.

Et voilà. On est coincées, maintenant. Personne ne sait où nous sommes. Nos familles pensent que nous sommes au concert de Claudie et qu'on nous raccompagnera ensuite en voiture. Ils n'ont aucune raison de s'inquiéter avant des heures. Et que pourront-ils faire quand enfin ils téléphoneront à droite à gauche et qu'ils s'apercevront que nous avons disparu ? Qui pourrait nous retrouver ? Même nous, nous ne savons pas où nous sommes.

J'ai toujours mal au cœur. Je me demande si je vais vomir ou pas. Je marmonne un truc à propos des toilettes et je trouve la bonne porte. Je m'écroule dans la petite pièce humide en essayant désespérément de penser à une solution. Si seulement nous étions au concert de Claudie en train de profiter de notre soirée entre filles ! C'est un cauchemar et la situation empire à chaque minute.

Je rejoins les autres dans le salon pourri. Yan-le-Cochon a pris sa guitare mais c'est évident qu'ils n'ont rien d'un groupe de musiciens. Ils ont décapsulé des canettes de bière. Magda et Nadine se cramponnent chacune à la leur.

« Allez, les filles, buvez un coup », dit Dave-le-Crâne.

Il me lance une canette et je la rattrape sans l'ouvrir.

« Qu'est-ce qu'il y a ? T'aimes pas ça ? Je vais te proposer autre chose, tu vas adorer, dit-il en sortant une bouteille de vodka d'un placard. Allez, prends-en une petite lampée. Ça va t'aider à te détendre, ajoute-t-il en me tendant la bouteille.

« À vrai dire, je ne bois pas. »

Tous les garçons se mettent à rire de façon désagréable.

« Celle-là, elle fait pas grand-chose », commente Yan-le-Cochon.

Ewan essaye d'attirer Magda sur ses genoux. Elle se débarrasse de lui sans douceur.

« On est peut-être en train de faire une grosse erreur, dit-il. Ce ne sont que des petites collégiennes imbéciles.

— Ma Nadine, elle est sympa, elle, pas vrai *babe* ? dit Dave. Hé, tu veux que je te montre tous mes bijoux ? Viens par ici. »

Il fait un geste vers la chambre.

« Je suis bien ici, merci », répond Nadine d'une toute petite voix.

Dave lui passe la vodka, elle en boit une gorgée et manque s'étouffer.

« Donne-m'en un peu », dit Magda en s'emparant de la bouteille.

Elle n'en avale pas une goutte, gardant les lèvres hermétiquement closes tout en renversant la bouteille en arrière.

« Et voilà ! s'exclame-t-elle en s'essuyant la bouche comme si elle venait d'en descendre une triple dose. Ça va mieux. Hé, les gars, si vous nous mettiez un peu de musique sur votre lecteur de CD ? Comme ça, on pourrait tous jouer et chanter ensemble, sans être trop gênés. »

La musique à fond rend les choses un peu plus faciles. Les trois gars descendent leurs bières et passent la vodka à la ronde. Nous faisons mine de prendre notre part. Magda s'efforce d'alléger la situation. Nadine passe son temps à essayer d'échapper à Dave-le-Crâne.

« Attendez ! » dit-il en se rendant dans sa chambre.

Il en ressort, un sachet à la main. Oh, bon sang ! De la drogue.

« Ouais, génial ! » s'exclame Nadine.

Je la regarde, horrifiée... mais elle me fait un petit clin d'œil. C'est à peine un tressaillement de paupière mais ça suffit. Magda l'a vu elle aussi et elle approuve d'un hochement de tête. Nous observons Dave-le-Crâne, Ewan-le-Batteur et Yan-le-Cochon rouler leurs cigarettes modèle spécial. Dave allume la sienne, inspire une grande bouffée et la passe à Nadine.

« Sympa ! dit-elle en se levant et en se dirigeant vers la fenêtre. Quelle vue magnifique ! » ajoute-t-elle en nous tournant le dos.

Elle fait mine de tirer sur la cigarette, mais je crois que c'est du pipeau. Magda la rejoint.

« À moi », dit-elle en tirant dessus pour de faux.

Avant que j'aie le temps de me lever, Yan-le-Cochon est à côté de moi.

« Me fais pas le coup de la détente, Miss Sainte-Nitouche », me prévient-il.

Je me mets à ricaner comme une imbécile, histoire de ne pas le mettre de trop mauvaise humeur.

« Attends, je vais te montrer comment t'y prendre, ajoute-t-il en prenant le joint des mains de Magda et en l'agitant sous mon nez.

— D'accord. Génial ! Dans une minute, je lui dis en me levant d'un bond. Il faut que j'aille aux cabinets.

— T'en sors tout juste. Qu'est-ce qui t'arrive ? demande-t-il en tirant longuement sur le pétard.

— J'ai une gastro, j'explique. Je reviens tout de suite. »

Je retourne dans les cabinets en essayant de trouver un moyen de sortir de là. Je lève les yeux vers la fenêtre. Elle est trop haute et trop petite. Beaucoup beaucoup trop petite. Je pourrais monter sur la cuvette, mais je n'arriverais qu'à passer un bras à l'extérieur. Ma tête est trop grosse, sans parler de mon corps. Mais... on pourrait peut-être filer par une autre fenêtre ?

Je sors discrètement des cabinets et je me dirige vers la cuisine sur la pointe des pieds. Au-dessus de l'évier bouché, il y a deux grandes fenêtres. L'une se trouve juste au-dessus de l'égouttoir. Je pourrais y arriver. Nadine aussi. Et Magda aussi.

Je réfléchis.

J'ouvre le robinet. Je m'asperge la figure. J'envoie de l'eau sur tout mon joli chemisier gris perle. Puis je prends une profonde inspiration et je crie.

« Magda ! Nadine ! Vous pourriez venir m'aider une minute ? »

Yan-le-Cochon arrive.

« Qu'est-ce qui t'arrive, Sainte-Nitouche ? demande-t-il, le regard trouble. Pourquoi tu brailles ?

— Oh, je t'en prie, ne me regarde pas. J'ai vomi. Ce doit être la vodka. Je veux pas que tu me voies dans cet état, pas avant que je me sois nettoyée. J'ai besoin de mes copines. Elles ont des mouchoirs en papier.

— Bon Dieu ! T'es vraiment une môme, réplique Yan-le-Cochon d'un ton dégoûté. D'accord, d'accord, je vais te chercher tes copines. »

Il y va... Nadine et Magda arrivent en courant.

« Tu as été malade, Ellie ? s'enquiert Magda.

— Tout ça, c'est ma faute, pleurniche Nadine.

— Chut ! Vite ! Fermez la porte. On va sortir par la fenêtre, je chuchote.

— Waouh !

— Supermalin !

— Plus facile à dire qu'à faire », je souffle en posant ma jambe sur l'égouttoir et en essayant de me hisser à la force des bras.

Magda me pousse, Nadine me tire et, brusquement, je me retrouve debout sur l'égouttoir. J'attrape la poignée de la fenêtre. Tout le cadre est pourri et, au début, il reste collé. Je tire et je pousse, je me fais mal à la main, puis j'enlève ma chaussure et donne un ultime coup désespéré. Ça bouge... la fenêtre s'ouvre !

Nadine est déjà debout à côté de moi et elle aide Magda à grimper.

« Au secours ! je chuchote. Ça fait un sacré saut. On va se péter les jambes.

— Je préfère me casser le cou que de rester enfermée avec ces connards », dit Magda en sautant la première.

Elle atterrit comme un petit chat, sans même

vaciller en dépit de ses hauts talons. Ensuite, c'est au tour de Nadine, qui agite ses bras et ses jambes en tous sens. Elle arrive sur les fesses, mais elle réussit à se relever sans bobo.

À moi. Bon Dieu. Je fixe le vide. Et si j'évalue mal mon saut, si je vais un peu trop loin et si je bascule de l'autre côté de la balustrade ?

Je serre mes poings humides de sueur.

« Vite, Ellie ! souffle Nadine.

— Saute comme dit Mme Henderson : plie les genoux et lance-toi ! » explique Magda.

Je plie. Je saute. Je ne me lance pas vraiment. J'hésite, je bascule et j'étouffe un cri. Mais j'arrive en bas, saine et sauve sur le béton froid de la coursive.

« Parfait, on se tire, dit Magda en appelant l'ascenseur.

— Au moins, ils sont pétés grave. Il leur faudra un moment pour réagir, dit Nadine.

— Viens donc, l'ascenseur ! » je dis en écrasant le bouton.

Rien ne se passe. Nous n'arrêtons pas de nous retourner vers la porte de l'appartement. On va les avoir à nos trousses d'ici deux secondes.

« Je crois qu'on ferait mieux de descendre à pied. »

Alors nous cavalons sur la coursive, à la recherche de l'escalier. Il y a quelque chose de bizarre. Je me sens déséquilibrée et je marche en biais. Je ne me suis pas tordu la cheville ? Puis je comprends.

« Ma chaussure ! Je l'ai laissée dans leur cuisine !

— Ouais, eh ben, on va pas aller la rechercher ! halète Magda.

— C'était ma plus belle paire de chez Shelley, je râle.

— Je ferai des économies pour t'en offrir une nouvelle paire, Ellie, souffle Nadine. Et une pour toi aussi, Magda. Cadeaux à volonté ! Je vous dois bien ça.

— On réessaye l'ascenseur à l'étage en dessous ? demande Magda.

— Mais s'ils le prennent en haut ? je dis.

— Au secours, t'as raison ! D'accord, on continue à pied ! »

On descend, on descend, on descend... Mon collant est déjà tout déchiré. Chaque fois que mon pied heurte le béton froid, ça me fait un mal de chien. J'ai les genoux en compote, la poitrine explosée, je suis à bout de souffle et on n'est même pas à mi-parcours. Continue à descendre, descendre, descendre... Je dégouline de sueur, je suis tout échevelée, une barrette nacrée se fait la malle. Je la rattrape, terrifiée à l'idée de la perdre. Je pense à Russell. On descend toujours, je n'arrive plus à respirer et j'ai trop mal au pied. Et s'ils nous courent après ? Qu'est-ce qu'ils nous feront s'ils nous attrapent ?

« Vite !

— Peux pas aller plus vite ! » halète Nadine.

On descend encore et toujours et, brusquement, on prend le dernier virage et on se retrouve dans la cour, au rez-de-chaussée enfin !

« Par là ! s'écrie Magda en fonçant droit devant elle.

— Non, attends ! On rase les murs pour qu'ils ne nous voient pas s'ils regardent en bas », je dis.

Nous longeons les parois de l'immeuble, les jambes encore tremblantes après ces centaines de marches.

« Par où on est arrivées ?

— J'en sais rien.

— Ça fait rien. L'important, c'est de sortir d'ici. »

Nous nous mettons à cavaler, nous passons sous une arche, nous tournons le coin... et, tout à coup, nous tombons direct sur les buveurs de la bière de tout à l'heure.

« Eh, regardez ! C'est les petites pétasses !

— C'est celle-là qui m'a fait un doigt d'honneur. Je vais me la faire.

— Moi, je veux celle qu'a les gros nichons », dit un autre en m'attrapant.

Ma main se lève et vient le frapper en pleine figure. Il pousse un cri et vacille sur ses jambes, en se tenant la tête. Ses copains le regardent, sidérés.

« Vite ! » je crie et nous recommençons à courir.

Nous courons en rond dans la cité avant de repérer une issue et nous nous retrouvons enfin dans la rue.

« Et maintenant ? je demande, hors d'haleine.

— On cherche le métro le plus proche, propose Magda.

— Ellie, dit Nadine, tu lui as vraiment allongé un sacré coup de poing, à ce type !

— C'était pas un coup de poing, c'était un coup de pointe ! je précise en leur montrant ma barrette.

— T'aurais dû aussi transpercer ces mecs dans l'appart ! dit Magda.

— Non, ils auraient pu devenir vraiment dangereux ! proteste Nadine.

— Eh, rien de tout cela ne paraît vrai, non ? je dis. On devrait être en train d'assister au concert de Claudie au lieu d'errer dans des rues inconnues, poursuivies par des espèces de drogués complètement allumés.

— Arrête ! dit Nadine en jetant un regard nerveux par-dessus son épaule. Je peux pas croire que j'ai été aussi bête. Merci de pas m'avoir laissée tomber, vous deux.

— Voilà à quoi servent les amies, réplique Magda. Mais bon sang, où on est, là ?

— On a peut-être quitté la terre. On a peut-être pénétré dans un temps virtuel juste avant le concert de Claudie. D'abord, est-ce que c'est vrai que Claudie a renoncé à sa carrière de chanteuse pour les beaux yeux d'un petit ami qui ne lui convient pas ? Non, dans le temps réel, elle est en train de chanter et nous, on chante avec elle dans la salle, d'accord ? Mais maintenant on est coincées dans ce temps glauque sur cette planète sans issue et on est perdues pour l'éternité, condamnées à rencontrer tous ces horribles types immondes... »

Au moment où je dis ces mots, deux ivrognes sortent en vacillant d'un pub et nous rentrent dedans. Nous poussons un cri.

« Eh, pardon, les filles !

— On vous a pas fait mal, hein ?

— On a un petit coup dans le nez.

— Un sacré petit coup.

— Et où vous allez comme ça ?

— Devriez pas traîner toutes seules si tard dans les rues, des gentilles petites comme vous. »

Remarque mal venue. Ils ont l'air relativement inoffensifs, mais nous n'avons pas envie de prendre le moindre risque. Nous détalons en courant.

« J'ai l'impression d'avoir suivi un cours de step de vingt-quatre heures, je dis, hors d'haleine une fois que nous avons tourné l'angle de la rue.

— Mme Henderson serait fière de nous, souffle Nadine.

— Mme Henderson aurait profondément honte de nous parce que, toute la soirée, nous nous sommes conduites comme des idiotes, je déclare en ralentissant l'allure. Écoutez, c'est stupide d'avancer au hasard. Il faut demander à quelqu'un où est le métro. »

Il y a une boutique vidéo encore ouverte au coin de la rue. Nous entrons nous renseigner. L'homme derrière le comptoir hoche la tête.

« Désolé, les filles. Il n'y a pas de station de métro par ici. Vous pourriez prendre le bus pour aller dans le centre de Londres, mais je ne suis pas sûr des horaires. Et à la fermeture des pubs, ça se castagne pas mal dans les bus. Je n'aimerais pas que ma fille monte là-dedans.

— Qu'est-ce qu'on va faire, alors ? dit Magda.

— On va peut-être devoir téléphoner à nos pères, je propose.

— Le mien va me tuer, affirme Nadine.

— Moi itou, confirme Magda.

— Et moi donc ! je renchéris. Mais on va pas errer dans les rues toute la nuit, non ?

— Et si on prenait un taxi ? suggère Nadine. Le problème, c'est que je n'ai plus un centime.

— Et moi non plus. »

Pleines d'espoir, nous nous tournons vers Magda.

« Je n'ai pas assez d'argent pour prendre un taxi qui nous emmène d'abord à Londres et ensuite chez nous, dit-elle. Mais on pourrait en prendre un qui nous dépose à la station de métro la plus proche – et il nous reste nos billets de train.

— À quelle heure part le dernier train ? je demande, inquiète.

— Je sais pas, répond Magda. Sans doute assez tard.

— Il est déjà très tard, remarque Nadine.

— Dans cette réalité alternative, on est toujours en retard, je dis.

— Ferme-la, Ellie ! Ça fiche déjà suffisamment la trouille sans que tu en rajoutes avec tes histoires ! s'exclame Magda.

— Au moins, chacune de nous a les deux autres, dit Nadine en nous prenant l'une et l'autre par le bras.

— Sauf si dans cet univers alternatif il existe des clones. Peut-être que l'une d'entre nous est une remplaçante ! je dis. C'est peut-être toi, Nadine, et tu avais prévu tous les détails de notre chute entre les mains de ces abrutis. Ou peut-être est-ce toi, Magda, et tu vas sauter dans un taxi en nous abandonnant à notre sort, Nadine et moi. Ou peut-être est-ce moi ?

— Toi, t'es un modèle unique, Ellie. Ils pourront jamais programmer un clone aussi tordu et fou que toi », déclare Magda.

Puis, brusquement, elle se met à bondir en agitant les bras en l'air.

« C’est moi la folle ?

— Un taxi ! » crie Magda.

Nous nous mettons toutes à bondir en agitant les bras. Le taxi s’arrête et nous sautons dedans.

« J’ai bien peur que nous n’ayons pas beaucoup d’argent sur nous, commence Magda.

— Eh moi, j’ai bien peur que vous ne soyez obligées de descendre immédiatement de mon taxi, répond le chauffeur (mais ses yeux brillent). Vous êtes complètement folles ! Bon, combien d’argent avez-vous... et où voulez-vous aller ? »

Magda agite un billet de cinq livres, Nadine et moi rassemblons quelques pièces.

« Jolie petite cagnotte, apprécie le chauffeur mais il pousse un sifflement affolé quand Magda lui annonce où nous habitons. Pas question, les filles. Je ne vous emmènerais pas aussi loin, même si vous aviez assez d’argent.

— Alors, la station de métro la plus proche ? suggère Magda.

— Là, c’est possible. Et ensuite, vous prendrez le train à Waterloo ?

— C’est ce que nous espérions. Savez-vous à quelle heure part le dernier ?

— Je ne sais pas exactement. Je ferais peut-être bien de foncer, hein, vous avez déjà vos billets ?

— Oui ! » je m’écrie. Puis je m’affole parce que

je ne trouve pas le mien dans ma poche. « Au secours, où il est ? »

Je m'énerve en cherchant partout.

« Toi, tu es du genre étourdie, dit le chauffeur. Je n'ai pas pu m'empêcher de remarquer que tu avais déjà oublié une de tes chaussures ! »

J'agite mon pauvre pied glacé dans son collant déchiré.

« Eh bien, je ne l'ai pas exactement oubliée...

— Tout est ma faute, soupire Nadine.

— Dites-moi, les filles, vous n'avez pas eu de gros problèmes ? s'enquiert le chauffeur de taxi.

— On a bien failli, je réponds. Mais on s'est enfuies juste à temps.

— Incroyable ! Ah, les filles de nos jours ! Quel âge vous avez ? Quinze ans ? »

Nous nous rengorgeons sans le corriger.

« Vous devriez pas avoir le droit de sortir aussi tard. Et même si vous croyez tout savoir, vous vous conduisez comme des bécasses parfois. Regarde-toi, Miss Frisettes ! Qu'est-ce que tu vas faire ? Pas de billet de train et pas d'argent !

— Ha, ha ! je m'exclame en retrouvant mon billet tout froissé au fond de mon porte-monnaie. Je l'ai !

— T'es une sacrée veinarde ! » s'écrie le chauffeur en riant.

Nous sommes trois veinardes parce que le chauffeur insiste pour nous emmener jusqu'à Waterloo. Il arrête son compteur quand il affiche cinq livres et il refuse même de prendre notre monnaie.

« Gardez-la pour téléphoner à vos pères en descendant du train, dit-il. Ça ne me plaît pas que des gentilles filles comme vous traînent dans les rues au milieu de la nuit. »

Nous n'avons pas à téléphoner à nos pères. Car sur qui on tombe dans le dernier train qui nous ramène chez nous ? M. Windsor... et sa petite amie, assis enlacés.

« Bon sang ! Ellie, Nadine, et Magda ! » s'exclame M. Windsor.

Il est magnifique, vêtu d'un T-shirt à manches longues, encolure en V, une veste et un pantalon noirs... supercool.

« Je vous présente Miranda », nous dit-il.

Miranda est tout aussi magnifique : de longs cheveux noirs, splendidement nattés, des grands yeux bruns, une silhouette ondoyante dans un petit haut rayé et un jean noir.

« Salut ! Vous êtes des élèves de Guy ? » demande-t-elle en riant.

Guy !!!

Nous rions aussi, bien que le rire de Magda soit un peu nerveux.

« Qu'est-ce que vous faites dehors à une heure pareille ? demande M. Windsor.

— C'est une longue histoire, je dis. Nous étions parties pour aller au concert de Claudie Coleman. C'est une chanteuse absolument fan...

— On la connaît, m'interrompt Miranda. Je suis une vraie fan. Guy et moi, on voulait aussi aller au concert. Mais comme elle a annulé, on s'est baladés dans tout Londres pour voir s'il n'y avait pas d'autres spectacles dans le même genre... et on a fini dans une incroyable fête country, avec cette blonde triste qui imitait Tammy Wynette dans *Stand by Your Man*. Vous vous rendez compte ! Et ils ont même commencé à faire des danses de groupe... »

Nadine sursaute.

« Et vous, les filles, qu'est-ce que vous avez fait à la place du concert de Claudie ? »

Nous hésitons. Nous haussons les épaules. Nadine prend l'air gêné. Magda, elle, a déjà l'air gêné. Il faut que je me lance.

« On s'est offert une soirée entre filles », je dis avant de changer rapidement de sujet pour embrayer sur Claudie et ses chansons.

En temps normal, je pourrais parler de Claudie toute la nuit, mais là, j'ai plutôt du mal à tenir la conversation pendant seulement la durée du voyage, d'autant que Magda et Nadine ouvrent à peine la bouche.

Nous descendons tous au même arrêt. M. Windsor hésite.

« Comment rentrez-vous chez vous, les filles ? Quelqu'un vient vous chercher ?

— Tout va bien », je réponds.

M. Windsor hoche la tête mais Miranda plisse les yeux.

« Cela signifie-t-il qu'on vient vous chercher ?

— Non, j'avoue.

— D'accord. Alors mieux vaut que nous fassions le taxi, dit M. Windsor en soupirant.

— On n'est pas des bébés, intervient Magda.

— Bien sûr que non, répond Miranda d'une voix apaisante, mais tard le soir, les alentours de la gare peuvent être un peu risqués. Moi, je me dégonfle toujours quand je sors avec mes copines et je demande à Guy de venir me chercher. Alors venez... laissez-nous vous ramener. D'autant que vous n'avez que cinq chaussures pour vous trois... »

Magda est bien obligée de céder. Je suis vraiment navrée pour elle. Non seulement M. Windsor a une petite amie mais en plus Miranda est a) absolument ravissante et b) totalement charmante. Je l'examine à plusieurs reprises pour tenter de trouver quelque chose de vache à dire sur elle demain avec Magda, mais rien à faire. Alors je regarde plutôt M. Windsor dans l'espoir de détecter des signes soudains de sénilité, histoire de convaincre Magda qu'elle est bien mieux sans lui, mais sa chevelure me paraît aussi noire et brillante qu'à l'accoutumée et il a les épaules bien carrées, pas le moins du monde voûtées.

Après nous avoir demandé où nous habitons, il nous dépose à tour de rôle. Logiquement, Magda devrait être la dernière, mais il fait un petit détour pour la ramener en premier. Il n'est peut-être pas aussi à l'aise sur ce sujet qu'il le prétend. Apparemment, je dirais qu'il n'a pas raconté à Miranda la visite-surprise de Magda.

« Quelle charmante fille ! J'adore sa coiffure ! » Mais elle a l'air tellement timide, dit Miranda une fois que Magda est descendue de voiture.

Nadine et moi, nous échangeons un coup de coude dans l'obscurité. C'est bien la première fois qu'on traite Magda de timide !

« Parle-t-elle beaucoup en classe, Guy ? insiste Miranda.

— Oh, Magda a ses bons côtés, répond-il. Bon, Nadine, maintenant, c'est à toi. »

Nadine arrive à bon port. Elle me serre une dernière fois la main pour s'excuser.

Je reste seule dans la voiture avec M. Windsor et Miranda.

« Alors, est-ce que tu aimes les cours de dessin de Guy ? me demande Miranda, histoire de bavarder.

— Miranda ! s'exclame M. Windsor.

— Je les adore, je réponds avec sincérité.

— Vraiment ? dit Miranda. Il était tellement nerveux la première semaine du trimestre. En quelle classe es-tu, Ellie ?

— En quatrième.

— Ah ! Il avait particulièrement peur de la quatrième. Il pensait que vous alliez lui donner du fil à retordre.

— Ferme-la, Miranda, dit M. Windsor.

— Oh, mon chéri, inutile d'être timide ! En tout cas, il s'est précipité à la maison tout heureux, en disant que ça s'était merveilleusement bien passé. À vrai dire, il délire toujours sur vous, les filles de quatrième. Vous êtes un groupe bourré de talent.

— Miranda, j'appuie immédiatement sur le bouton du siège éjectable, menace M. Windsor avant d'éclater de rire.

— Il y en a surtout une qui est douée, elle se spécialise dans toutes ces caricatures incroyables, mais elle est aussi très bonne dans les vrais portraits. Je me demande bien comment elle s'appelle ? dit Miranda.

— C'est qui ? »

Ils se mettent à rire tous les deux. De moi.

« Il faut que tu saches que tu es l'étoile montante de Guy, Ellie. Il parle tout le temps de toi.

— Oh, waouh ! Je veux dire : génial ! » je réponds, totalement troublée mais complètement aux anges.

Étoile montante ! Je scintille de partout sur la

banquette arrière. C'est même étonnant que toute la voiture n'en soit pas illuminée !

En arrivant chez moi, je suis toujours sur un petit nuage. En dépit de toutes nos aventures de la soirée, je débarque exactement une minute avant minuit, mon couvre-feu de Cendrillon.

Dans l'entrée, je me débarrasse vite fait de la chaussure qui me reste et j'essaye de faire une mine de circonstance avant de pénétrer dans le salon. Papa somnole devant la télévision et Anna est encore en train de se triturer les méninges devant un pull ourson très compliqué avec un petit nounours tricoté relié par un bout de laine.

« Tu t'es bien amusée au concert de Claudie, Ellie ? » demande-t-elle en testant son nounours bringuebalant.

J'hésite. C'est plus simple de répondre oui. Et c'est ce que je fais.

« Et le père de Magda est venu vous chercher sans problème après le concert ? s'enquiert papa.

— Sans problème, je confirme. Anna, on dirait que ce nounours s'est pendu. Il est sinistre.

— Je sais, je sais, mais je n'arrive pas à trouver un autre moyen de le fixer. Si j'essaye de le glisser dans une poche, ça fiche en l'air toute l'harmonie du modèle et il faut que je le finisse pour demain.

— C'est fou que tu prennes une telle charge de

travail, dit papa en bâillant. Bon, je vais me coucher. Viens Anna, tu régleras ça demain, tu es épuisée.

— Non, il faut que j'y arrive, s'entête Anna.

— Et avec un morceau de velcro ? Comme ça, tu pourrais coller le nounours au pull.

— Oui ! Oh Ellie, tu es un génie ! s'exclame Anna en me donnant un baiser.

— Je n'irais peut-être pas jusque-là, dit papa en nous serrant toutes les deux dans ses bras. Mais Ellie, tu es une fille bien. Ça me fait plaisir que maintenant tu te conduises de façon honnête avec nous. Fini, les vilains mensonges, d'accord ?

— D'accord », je réponds en manquant m'étrangler de honte.

Mais tout va bien. Ils n'en sauront jamais rien.

*
* *

Ah, j'ai vraiment parlé trop vite !!! Dans le journal de samedi, il y a tout un article consacré à Claudie Coleman et à son concert annulé.

Au secours !

« Ellie ! » rugit papa.

Ça va barder. Et sacrément. J'essaie de m'expliquer. Encore et encore.

Mais ça ne me mène nulle part.

Magda téléphone. Sa mère a vu, elle aussi, l'article dans le journal.

Nadine téléphone. Même topo pour sa mère.

Nous étions censées nous retrouver pour aller faire des courses cet après-midi. Interdiction formelle. Interdiction formelle d'aller n'importe où, en dehors de l'école, pour une période indéterminée.

Russell téléphone.

« Salut, Ellie ! Comment ça va ? C'était bien, le concert ? Ma fête, c'était glauque à souhait. Je suis plutôt content que tu ne sois pas venue, c'était tellement bête et guindé. En fait, je suis parti de bonne heure, parce que c'était tellement ennuyeux de rester planté là avec tout un tas d'autres mecs sans filles. Remarque, aucune des filles présentes ne m'intéressait. Il n'y en avait pas une qui t'arrivait à la cheville, Ellie. Alors, je suis rentré chez moi tôt, comme je te l'ai dit, mon père était content, il a dit que ça lui faisait plaisir que je me conduise comme un être humain responsable... donc je ne suis plus consigné. On peut enfin sortir pour notre premier vrai rendez-vous ! Ce soir ! Tu te souviens que je t'avais dit où je voulais aller ? Qu'est-ce que tu dirais de la séance de 7 h 30 pour aller voir *Les Treize Coups de minuit* ? Ça se joue toujours au Rio.

— Il y a juste un petit problème, Russell.

— Ne t'inquiète pas si ça te fiche la trouille. Je te tiendrai la main bien serrée, je te le promets. Tout le monde dit que c'est vraiment un bon film. Bon, c'est pas un chef-d'œuvre, mais on s'amuse bien.

— Russell...

— Mais t'inquiète pas. On n'est pas obligés d'y aller si tu crois vraiment que ça va te terrifier. On ira où tu veux.

— Je ne peux pas aller voir *Les Treize Coups de minuit*. Je n'ai moi-même pas la permission de minuit. Ni même de neuf heures. Russell, j'ai des gros ennuis. Je suis interdite de sortie pour un bon bout de temps. »

Je m'explique. Russell m'écoute. Il proteste. Il m'enguirlande pour avoir pris des risques idiots. Il râle parce qu'on ne va pas pouvoir sortir.

« Alors, nous voilà repartis pour les petits rendez-vous secrets du McDo après les cours ? dit-il.

— On dirait bien.

— Tant pis. Puisqu'on ne peut rien y faire. Mais un de ces jours, on l'aura, notre sortie du soir, d'accord ?

— Tu l'as dit !

— Parfait. Parce que, Ellie, tu comptes beaucoup pour moi. (Petit silence. Je l'entends déglutir.) Ellie... je t'aime. »

À mon tour de déglutir. Je jette un rapide coup d'œil autour de moi pour être sûre qu'Eggs ne rôde pas dans les parages.

« Moi aussi je t'aime », je chuchote avant de raccrocher le téléphone.

Je redécroche. Qui vais-je appeler la première, Nadine ou Magda ? Je ne peux pas attendre une minute de plus pour leur raconter ce que Russell vient juste de me déclarer !

Table

1. Sortie entre filles 9
2. Après l'heure, c'est encore l'heure 39
3. Quand bonheur rime avec pas d'heure 63
4. Le temps des pleurs 91
5. Heureuse ! 129
6. Tout va mal 167
7. Jeux dangereux 193
8. Le salut dans la fuite 223

« Pour l'éditeur, le principe est d'utiliser des papiers composés de fibres naturelles, renouvelables, recyclables et fabriquées à partir de bois issus de forêts qui adoptent un système d'aménagement durable. En outre, l'éditeur attend de ses fornisseurs de papier qu'ils s'inscrivent dans une démarche de certification environnementale reconnue. »

Composition Jouve - 53100 Mayenne
N° 295394w
Achevé d'imprimer en Italie par Rotolito Lombarda.
32.10.2618.0/05 - ISBN : 978-2-01-322618-9
Loi n° 49-956 du 16 juillet 1949 sur les publications destinées à la jeunesse
Dépôt légal : avril 2013